얼라이브

얼라이브 4

노쓰우드 장편 소설

초판 1쇄 찍은 날 § 2015년 3월 17일
초판 1쇄 펴낸 날 § 2015년 3월 24일

지은이 § 노쓰우드
펴낸이 § 서경석

편집부장 § 권태완
편집책임 § 하형민

펴낸곳 § 도서출판 청어람
등록번호 § 제387-1999-000006호
등록일자 § 1999. 5. 31
어람번호 § 제1-2081호

주소 § 경기도 부천시 원미구 부일로 483번길 40 서경B/D 3F (우) 420-822
전화 § 032-656-4452 팩스 § 032-656-4453
http://www.chungeoram.com
E-mail § chungeorambook@daum.net

ⓒ 노쓰우드, 2015

ISBN 979-11-04-90163-8 04810
ISBN 979-11-04-90086-0 (세트)

노쓰우드 장편 소설
FUSION FANTASTIC STORY

얼라이브

ALIVE

도서출판
청어람

CONTENTS

제1장	어둠	7
제2장	도살자, 개봉하다	57
제3장	일상	95
제4장	그의 선택	119
제5장	체크메이트	155
제6장	계속되는 촬영	193
제7장	키스 신	219
제8장	그녀, 그리고 그녀들	259
제9장	사건의 재조명	299

1장

어둠

장택근은 뭔가에 잔뜩 짓눌린 음성으로 이야기했다.

"우리가 아마존에서 돌아왔을 때 뭔가가 따라왔어."

그는 꿈속에서 보았던 진재영과 윤신애의 뒤에 도사리고 있던 어둠을 생각하며 몸서리쳤다.

"무슨 소리……."

"아마존에서 있었던 일들 기억나?"

오한이라도 느꼈는지 이지원이 몸을 떨며 묻는데 장택근이 그녀의 말을 잘라냈다. 그녀는 그 말에 창백한 얼굴이 되어 고개를 끄덕였다.

"아직 끝나지 않았어."

어딘지 모르게 두려운 기색이 역력한 그의 음성이다.

"재영이 누나, 재영이 누나를 만나야 돼. 그리고 신애
도."

꿈속에서 어둠에 반쯤 집어삼켜져 있던 진재영과 윤신애
를 떠올리며 말하는데 이지원의 얼굴이 돌처럼 굳어버렸
다.

그 표정이 겁을 집어먹은 것과는 다른 꺼림칙한 얼굴이
라 장택근은 불길한 예감이 머리를 스쳐 갔다.

"신애……."

그 떨리는 음성에 그는 직감적으로 윤신애에게 무슨 일
이 생겼다는 사실을 눈치챘다. 바짝 마른 입술을 축이고 그
녀를 바라보니 그녀가 힘겹게 말을 꺼냈다.

"신애 자살했어."

순간적으로 그녀의 말을 이해하지 못한 장택근이 눈을
껌뻑였다.

"…뭐?"

한참이 지나고서야 겨우 얼빠진 목소리로 되물으니 그녀
가 잔뜩 그림자가 진 얼굴로 다시 말을 이어가기 시작했다.

"아니, 자살한 게 아니라 자살 시도했다고."

그녀의 말에 장택근은 순간적으로 떠오르는 것이 있었

다. 지난번 윤신애를 만났던 그날, 갑작스레 눈앞에 떠올랐던 그 섬뜩한 환상을 떠올렸다. 뿌옇게 가려진 욕실에서 피를 흘리던 그녀의 섬뜩한 모습이 생생하게 눈앞에 보이는 것 같았다.

"다행히도 일찍 발견된 덕에 지금 병원에서 치료 중이긴 한데 별로 상태가 좋지는 않아."

장택근은 한겨울의 꽁꽁 얼어붙은 호수에 빠진 것처럼 온몸이 싸늘하게 식는 것을 느꼈다. 깊숙한 곳에서 저도 모르게 새어 나온 듯한 음성으로 그가 말했다.

"욕조, 손목⋯⋯."

그가 무언가에 홀린 것처럼 중얼거리자 이지원이 놀란 얼굴로 고개를 끄덕였다.

"맞아. 욕실에서 손목을 그어버렸나 봐."

그 어두운 얼굴을 보고 장택근은 눈을 질끈 감았다.

일전에 그녀를 보았을 때, 그는 이미 알고 있었던 사실이다. 당시에는 그 환상이 그녀의 과거라고 생각했다. 당장 손목에 선명한 자해의 흔적이 있었으니 자신도 모르게 그렇게 생각한 모양이다.

하지만 그건 앞으로 일어날 끔찍한 사건에 대한 예고였지 이미 흘러간 과거에 대한 영상이 아니었다.

"재영이 누나는?"

잔뜩 짓눌린 음성으로 묻는 그의 얼굴에 혹시나 하는 불
길함이 떠올라 있었다. 진재영마저도 잘못된 건 아닌지, 그
의 얼굴이 핏기 하나 없이 하얗게 질려 있었다.

"신애를 처음 발견한 게 재영이 언니야."

그렇게 말한 이지원이 그가 잠이 든 사이에 있었던 일을
설명해 주었다.

그녀는 상처투성이 얼굴로 대중의 눈에 노출되었다가 괜
한 관심을 끌어 일이 커질까 걱정이 돼 한동안 병원에 오지
못했다고 했다. 그래서 진재영에게 그를 부탁했는데 그녀
가 일주일째 되는 날 전화를 했단다.

─신애가 아무래도 이상해. 누군지는 모르겠는데 전화를
받고 나가면서 애가 꼭 돌아오지 않을 것처럼 이야기하고
가더라고. 아니, 평생 다시 못 볼 것처럼…….

뭔가에 쫓기는 것처럼 다급한 그녀의 음성에 이지원은
소속사의 만류에도 장택근의 곁으로 돌아와야 했다. 그리
고 그녀를 보기가 무섭게 병실을 뛰쳐나간 진재영은 그날
저녁 울먹이는 목소리로 전화를 했다.

─신애가… 신애가…….

한참이나 휴대폰 너머에서 흐느끼던 그녀는 윤신애가 자
살을 시도했다고 알려주었다. 다행스럽게 자신이 일찍 발
견한 탓에 늦지 않게 응급처치를 할 수 있어서 생명에는 지

장이 없겠지만 워낙에 출혈이 컸던 탓에 의식을 차리지 못하고 있다고 설명해 주었다.

"그럼 재영이 누나는 지금 어디 있어?"

그녀의 말을 들은 장택근이 신음과도 같은 음성으로 물었다.

"나도 모르겠어. 연락이 되지를 않아. 아까 전까지만 해도 경찰서였던 것 같은데."

장택근은 눈을 질끈 감았다.

아마존에서와는 달랐다. 아마존에서는 악몽을 통해 많은 일들을 미리 대비할 수 있었다. 끔찍할 정도로 가혹한 환경이었지만, 그는 그 덕분에 일행을 지켜낼 수 있었고 마침내 모두와 함께 돌아올 수 있었다.

하지만 그렇게 돌아왔는데 지금은 그때보다 더 암담한 상황인데도 손을 쓸 수가 없었다. 단편적인 정보에 머뭇거리다가 자꾸만 일이 터졌다.

이번 일 역시 미리 예고된 사건임에도 그는 막지 못했다. 진재영이 아니었다면 윤신애는 필시 살아남지 못했을 것이다.

"가자."

잠시 생각에 잠겨 있던 장택근이 침상에서 몸을 일으켰다.

"어디를 가! 지금 오빠는 환자라고!"

깜짝 놀란 이지원이 걱정스러운 얼굴로 그를 붙잡았다.

"오빠 지금 며칠 만에 깨어난 건지 알기나 해? 무려 2주 만에 깨어난 거라고!

그녀의 염려 가득한 말에도 장택근은 그저 단호한 표정으로 고개를 흔들었을 뿐이었다.

"신애를 봐야 돼."

결국 침상에서 완전히 몸을 일으킨 그가 다시 한 번 말했다.

"신애를 만나야 의문이 풀릴 거야."

*　　　*　　　*

병원을 나선 장택근은 이지원이 알려준 병원을 향해 택시를 탔다. 그녀는 아직까지 얼굴이 다 낫지 않아 돌아다닐 만한 상황이 되지 않았다.

장택근을 말리고 말리다가 결국 포기한 그녀는 걱정스러운 기색으로 그에게 몸조심할 것을 당부했다. 게다가 이미 윤신애의 자살 시도에 관한 소식이 퍼져 나간 이후니 기자들과 마주치는 것을 조심하라는 말도 덧붙였다.

최민혁을 비롯해 얽힌 일이 있으니 괜히 기자들과 엮여

봐야 좋을 것이 없다며 몇 번이나 조심하라고 당부했다.

알았노라 대꾸를 한 그는 이지원을 뒤로하고 곧장 택시에 올랐다.

택시가 도심의 도로를 달린다. 그 불규칙한 흔들림 속에서 장택근은 생각에 잠겨 있었다.

지금에 와서 생각해 보니 이상한 점이 한두 개가 아니었다. 대체 윤신애는 왜 자신을 피했을까. 그리고 왜 하필 그때 자신을 찾아왔을까.

자신이 배우로 다시 재기를 해서?

그도 아니면 뒤늦게 후회를 해서?

수많은 의문이 떠올랐지만 그는 고개를 저었다.

아니다. 이번 일은 그런 간단한 일이 아니다. 분명 아마존에서 겪었던 일, 그리고 자신의 꿈과 연관이 있을 것이다.

그녀라면 분명히 무언가를 알고 있을 것이다.

윤신애가 있는 병원에 도착한 장택근은 어렵지 않게 병실을 찾을 수 있었다. 슬쩍 복도를 살펴보다가 병실의 문을 열었다. 문을 열자마자 느껴지는 것은 코를 찌르는 약 냄새도, 이런 상황 속에서도 간호하는 이 하나 없다는 의문도, 다른 그 무엇도 아니었다.

오직 느껴지는 것이라고는 지독스러운 냄새, 코끝이 떨

어져 나갈 것 같은 악취였다. 저도 모르게 흠칫 몸을 떤 그가 소매로 코와 입을 틀어막고는 어두운 병실 내부를 살펴보았다.

어두운 병실 안 희미한 조명 아래 윤신애가 죽은 듯이 누워 있었다. 링거를 꽂고 산소호흡기에 의지해 호흡을 이어가는 그녀의 모습이 처참하기만 했다. 왼손, 오른손 할 것 없이 온통 붕대가 감긴 모습도 끔찍했다.

악취에 인상을 찡그린 그가 조심스럽게 병실 안으로 들어섰다. 그녀에게 조심스러운 걸음으로 다가가는데 가까이 다가설수록 그 냄새가 더욱더 심해졌다.

불쾌하다기보다는 거북스러운 그 냄새에 정신이 아찔해질 지경이었지만 그는 이를 악물고 참아냈다. 그리고 마침내 윤신애의 지척에 다다랐을 때 그는 흠칫하고 몸을 떨었다.

밀랍인형처럼 창백하게 질려 버린 그 얼굴이 마치 시체처럼 보였던 탓이다. 언젠가 꾸었던 악몽 속에서 보았던 그녀와는 다르게 핏방울 하나 묻지 않은 깨끗한 모습이었다.

하지만 아이러니하게도 그때의 그녀와 별로 달라 보이지 않았다.

죽음의 그림자가 짙게 깔려 있다는 사실이 악몽 속에서 마지막으로 보았던 그녀의 모습과 완전히 일치했다.

'대체 무슨 일이 있었던 거니.'

여리고 겁도 많은 그녀가 취한 극단적인 결단에 그는 심경이 복잡했다. 어쭙잖은 동정심은 둘째 치고서라도 그녀가 겪었을 무언가가 두렵기만 했다.

그녀를 빤히 바라보던 장택근은 길게 숨을 내뱉다가 그대로 굳어버렸다.

분명 의식을 차릴 수 없는 상황이라고 들었는데 창백하게 굳은 얼굴을 한 윤신애, 그녀가 눈을 뜬 것이다.

산소호흡기에 의지해 힘겹게 오르락내리락하는 그녀의 가슴과는 다르게, 그녀의 눈동자는 무심하기 그지없었다.

마치 유리알처럼 투명하게 빛나는 그 눈동자에 장택근은 등 뒤로 차가운 기운이 흘러내리는 것을 느꼈다.

시체의 그것처럼, 또는 사람이 아닌 무언가처럼 기이한 빛을 발하는 눈동자를 그저 바라만 보는데 그녀의 입에서 무언가 웅얼거리는 소리가 들렸다.

탁한 숨소리에 섞여 가만히 귀를 기울이지 않으면 들리지 않는 그 음성에 장택근은 신경을 곤두세웠다.

"아아아······."

입을 틀어막은 산소호흡기 탓일까, 잔뜩 잠기고 갈라지는 음성이 마치 남성의 그것처럼 탁하고 듣기 거북스러웠다.

"아아아……."

그녀가 다시 한 번 입을 웅얼거렸다. 그는 꺼림칙했지만 그녀를 불러보았다.

"신애야……."

간신히 꺼낸 말이라는 게 이토록이나 얼빠진 대답이라 가슴이 더욱 갑갑해졌지만 장택근은 내색하지 않고 그녀를 바라보았다.

번들거리는 그녀의 눈동자가 데구르르 구른다. 마치 무언가를 찾듯이 빠르게 굴러다니던 눈동자가 어느 순간 한 곳에 고정되었다.

"신애야?"

그녀를 불러보지만 반응이 없었다. 한참이나 기다려도 변함이 없는 그녀의 모습에 장택근이 무심코 그녀의 시선을 쫓았다.

어둑어둑한 천장을 잠시 바라보고는 고개를 내리는데, 순간 벼락이라도 맞은 것처럼 몸이 굳어버렸다. 마치 망가진 로봇처럼 뻣뻣한 동작으로 다시 천장을 향해 시선을 돌렸다.

희미한 조명 아래, 기이할 정도로 선명한 어둠이 존재하고 있었다. 그저 어둡다라는 말로 표현하지 못할 검은 그림자를 보며 그는 눈을 크게 떴다.

온몸에 소름이 돋았다. 수천 개의 차가운 손이 온몸을 쓸어 만지듯 오한이 느껴지고 온 피부가 일어나 소름이 한가득했다.

크으으읍.

바로 곁에서 들려오는 윤신애의 산소호흡기 소리가 마치 괴물의 으르렁거림과도 같았다. 그 섬뜩한 소리를 들으며 한참이나 천장을 노려보고 있던 장택근은 이를 악물었다.

이미 한 번 겪어본 어둠이다. 다시 한 번 겪는다 해서 변할 것은 없었다. 이를 악물고 어둠을 쏘아보다 보니 두려움이 서서히 사라지고 그 자리를 대신해서 맹렬한 적의와 분노가 자리를 잡았다.

여기까지 따라와서!

불안하게 움직이던 눈동자의 떨림이 서서히 잦아들다가 이내 멈추었다. 턱을 악다물고 어둠을 노려보았다. 어둠 역시 왠지 자신을 노려보고 있다는 느낌에 그는 더욱더 눈에 힘을 주었다.

그렇게 어둠과 한참을 서로 노려보고 있는데, 갑작스레 팔목에 닿는 차가운 감촉이 있었다. 저도 모르게 시선을 돌리니 윤신애가 그 앙상한 팔목으로 자신을 붙잡고 있었다.

"신애야?"

그녀의 유리알처럼 투명하던 눈동자에 색이 돌아온다. 서서히 차오르는 생기에 장택근이 눈조차 돌리지 못하고 그녀를 바라보는데, 그녀가 호흡기 너머로 힘겹게 입을 열었다.

"오빠……."

끊어질 듯 간신히 이어지는 그녀의 음성에 장택근이 잠시 천장을 스쳐보다가 고개를 돌리는데 방금 전까지만 해도 그림자 속에 선명하게 웅크리고 있던 어둠이 흔적조차 없이 사라져 있었다.

"사… 줘……."

그는 윤신애의 미약한 음성에 귀를 기울였다.

"제발 살려줘……."

그녀는 너무도 간절한 음성으로 도움을 청하고 있었다.

그 음성에 담긴 간절함이 필사적이기까지 해 장택근은 허투루 들을 수 없었다. 산소호흡기 너머로 들리는 그 답답한 소리에 장택근이 자세를 낮췄다.

"오빠……."

마치 숨이 넘어갈 것만 같은 그녀의 호흡에 장택근이 귀를 바짝 가져다 대니 듣기 거북스럽던 숨소리가 일순간 멎었다.

순간적으로 불길한 예감이 스쳐 갔다. 온몸의 근육이 팽팽하게 조여지고 등 뒤로 차가운 무언가가 흘러내렸다.

미처 불길함의 정체가 무엇인지 파악하기도 전에 장택근은 반사적으로 몸을 뺐다.

언제 산소호흡기를 젖혔는지 윤신애가 새하얀 이를 들이밀며 이를 딱딱거리고 있었다. 손톱을 잔뜩 세운 채 양팔을 휘젓는 그녀의 모습에 장택근은 온몸에 소름이 돋았다.

그 순간 몸을 빼낸 것은 정말 무의식에 가까운 행동이었다. 하지만 만약 그렇게 몸을 일으키지 않았으면 어떻게 되었을지, 그녀의 우악스러운 손짓과 턱 놀림을 보며 그는 얼굴을 굳혔다.

"윤신애⋯⋯."

짓눌린 목소리로 그녀의 이름을 부르는데 그녀가 벌떡 몸을 일으켰다. 그녀의 손톱을 바짝 세운 손이 그를 할퀴어 왔다. 방금 전과는 다르게 마음의 준비를 하고 있던 장택근이 그녀의 손목을 움켜쥐었다.

"정신 차려, 인마!"

사납게 외치는데 그녀가 온몸을 발버둥 쳤다. 그녀의 손목에 연결되어 있던 링거의 튜브를 통해 새빨간 액체가 역류한다. 그 섬뜩한 모습에 장택근이 식은땀을 흘리는데 순간적으로 세상이 어두워졌다.

어둠 속에서 차동수가 보였다. 무표정한 얼굴을 한 그의 앞에 윤신애가 서 있었다. 서로 뭔가 대화를 나누는지 입을 뻥끗거리는 것이 보였지만 아무런 목소리도 들리지 않았다.

마치 무성영화의 배우처럼 그렇게 한참을 이야기하는데 윤신애는 어쩐지 차동수에게 잔뜩 겁을 집어먹은 것처럼 보였다.

눈물을 흘리며 고개를 세차게 젓는데 차동수가 우악스러운 손놀림으로 윤신애의 턱을 움켜잡았다. 온몸을 발버둥 치던 그녀가 그대로 굳어버렸다.

차동수의 눈이 마치 짐승의 그것처럼 이글거렸다. 노랗게 바랜 눈동자로 한참이나 윤신애를 노려보던 차동수가 입을 뻥끗거렸다.

'죽. 여.'

그 명백한 살의에 윤신애가 저항할 의지조차 잊고 그대로 축 늘어졌다.

"오빠……."

순식간에 눈앞을 스쳐 간 영상에 장택근이 그대로 굳어 있는데 윤신애의 음성이 들렸다. 겁을 잔뜩 집어먹고는 파르르 떨어대는 그녀의 음성에 그가 정신을 차렸다.

"오빠……."

아무런 말도 못하고 오빠라는 말만 반복하는 윤신애를 보며 장택근은 한숨을 내뱉었다.

"신애야."

그의 안타까운 음성에 윤신애의 눈동자가 금세 뿌옇게 변했다.

"대체 무슨 일이 있었던 거니."

*   *   *

장택근은 다시금 잠이 든 윤신애를 안타까운 눈으로 바라보고 있었다. 그간 자신이 힘들 때 외면했던 그녀에 대한 원망이 이제는 하찮게 느껴졌다.

그녀는 자신 이상으로 힘든 시간을 보냈다. 정확하게 그녀가 무슨 일을 겪었는지, 또 어떻게 견뎌왔는지까지는 알 수 없었다. 하지만 하나만큼은 확실했다.

그렇게도 원망하고, 끝내는 잊고 살려고 했던 자신이 이제 와서 그녀를 보듬어 안는 것도 우스웠지만, 지금은 원망의 시간조차 하찮게 느껴질 지경이다.

아마존에서 무언가가 자신들을 따라왔다.

겁 많고 어린 그녀에게 끝내는 극단적인 선택을 하게 만들었던 무언가 그들의 주변을 맴돌고 있었다.

그림자 속에 몸을 숨기고 소리 없이 따라온 '그것'이 천연덕스럽게 서울의 하늘 아래 웅크리고 있었다. 그리고 이제야 그 음험한 어둠이 그 실체를 보이기 시작했다.

차동수.

환상과도 같았던 광경 속에서 차동수는 차라리 인간이 아닌 다른 무언가처럼 보일 지경이었다. 사납게 얼굴을 일그러뜨리고 윤신애를 몰아붙이던 그의 모습을 떠올린 장택근은 저도 모르게 온몸의 근육이 바짝 굳어버렸다.

음습하고 또 위험스러운 무언가, 차동수의 모습은 결코 정상이 아니었다. 생각하는 것만으로 등의 한편이 욱신거렸다. 뜨겁게 달아오르는 피부의 느낌에 그는 이를 악물었다.

그렇다. 차동수가 정상이 아닌 만큼 자신 역시 정상이 아니었다. 그라고 왜 모르겠는가. 도살자의 장필수 역을 하면서 받은 찬사가 사실은 자신의 것이 아님을.

생각하는 것만으로 완전히 다른 사람이 되어버렸던 자신을 떠올리며 그는 거칠어지는 숨을 가다듬었다.

자신도 차동수도 무언가 잘못되어 버렸다.

그리고.

지금은 그 잘못을 바로잡아야 할 때다.

잠이 든 윤신애를 복잡한 눈으로 바라보던 장택근이 이

내 몸을 일으켰다. 흐트러진 윤신애의 옷매무새를 잠시 매만져 준 장택근이 병실을 나섰다.

희미한 병실의 조명 아래 죽은 듯이 누워 있던 윤신애의 눈꺼풀이 파르르 떨리다가 이내 번쩍 뜨였다. 시체의 그것과도 같은 말간 눈동자가 데구르르 굴러 방금 전에 장택근이 나간 병실의 문을 한참이나 응시했다.

*   *   *

"병신 같은 년!"

거칠게 술잔을 들이켠 차동수가 욕설을 내뱉었다.

"차라리 죽지."

연거푸 폭언을 내뱉은 그를 바라보는 나윤섭의 얼굴이 잔뜩 겁에 질려 있었다.

"우울증에 시달리던 여배우 Y양 자살 시도? 까는 소리 하고 있네!"

윤신애를 향한 갖은 폭언을 내뱉던 차동수가 나윤섭에게 시선을 돌렸다. 그의 눈치를 보고 있던 나윤섭이 단지 시선이 마주한 것만으로 그대로 몸이 바짝 굳어 어깨를 움츠렸다.

"그래서 그 새끼는 어떻게 하겠다고?"

차동수의 말에 나윤섭이 더욱더 목을 집어넣었다.

"그게… 이번 일이 터지면 확실히 택근이 놈도 매장을 당할 텐데. 그게 여의치가 않아."

"왜! 왜! 대체 왜!"

날카로운 소리를 내며 벽에 부딪친 유리잔이 그대로 깨져 나갔다. 산산조각이 나 온 사방에 튀는 유리 조각을 보며 나윤섭이 하얗게 질렸다.

"놀부영상의 김인숙이 이미 손을 쓴 모양이야. 최민혁도 침묵하고 김인숙이 나서니 냄새를 맡았던 기자들까지 몸을 사리는 분위기라 더 이상은……."

나윤섭의 말에 차동수가 테이블에 가득 올라와 있던 술잔과 위스키 병을 그대로 쓸어버렸다. 와장창하는 듣기 싫은 소리가 호화로운 룸을 가득 채웠다.

알싸한 알코올 향이 가득 퍼져 나간다. 하지만 나윤섭은 그 시큼한 향보다 더욱 짙게 나는 알 수 없는 악취에 숨을 멈춰야 했다.

"그 새끼가! 대체 뭐가 잘나서! 하나같이 감싸지 못해 안달이야!"

차동수의 분노에 찬 음성이 마치 짐승의 으르렁거리는 소리처럼 낮게 울렸다.

나윤섭은 숨조차 쉬지 못한 채 그의 눈치를 살폈다. 실질적으로는 누가 높고 낮다 할 수 없는 관계였지만 차동수가 저렇게 분노를 토할 때면 나윤섭은 그의 눈치를 볼 수밖에 없었다.

당장 겁 많은 자신의 성격은 둘째 치고 그의 희번덕거리며 돌아간 눈동자를 보노라면 저도 모르게 몸이 굳고 머리가 멈춰 버렸다.

그리고 정신을 차리고 나면 늘 자신은 차동수의 꼭두각시가 되어 무언가 말도 안 되는 짓을 벌이고 있었다.

지난 장택근 매장 사건도 그렇고, 이번 윤신애의 일도 그렇고 그가 할 수 있는 것이라고는 고작 그의 눈을 피해 장택근에게 경고를 하는 정도였다.

더 이상 일이 커져선 안 된다.

여기서 조금만 더 나아갔다가는 돌이킬 수 없게 되어버린다.

지난 촬영에서 두 명이나 되는 희생자를 만든 PD로서 지금도 간신히 징계를 피하고 국민 PD라는 허울 좋은 가면을 쓰고 있었다.

유리로 만들어진 듯 약하디 약한 가면이라도 깨어지지 않으려면 몸을 웅크리고, 조심하고 또 조심해야 했다.

차라리 서로 보지 않으면 무슨 짓을 벌이는지 신경이 쓰이지 않으련만, 나윤섭은 차동수를 두려워하면서도 그가 무슨 짓을 벌일까 겁이 나 도저히 그의 곁을 떠날 수가 없었다.

"근데 나 PD……."

한참이나 분노를 토해내던 차동수가 나직하게 나윤섭을 불렀다. 생각에 잠겨 있던 그가 화들짝 놀라 대답했다.

"왜… 왜?"

더듬거리며 그를 바라보니 차동수가 번들거리는 눈동자로 자신을 바라보고 있었다. 그 지독스러울 정도로 이질적인 눈빛에 나윤섭이 몸을 떨었다.

또! 또! 또다!

저 눈빛을 마주하고 나면 자신은 마치 그의 말 잘 듣는 충견이라도 된 것처럼 그의 말을 따라야 했다. 시선을 피하려 했지만 도저히 고개를 돌릴 수조차 없었다. 고개를 돌렸다가는 차동수가 달려들어 자신의 목덜미라도 물어뜯을 것만 같은 불안감이 그를 엄습했다.

"나 몰래 택근이 새끼 만났다며?"

나윤섭은 차동수의 갑작스러운 질문에 벼락에라도 맞은 것처럼 몸을 떨었다. 변명이라도 해보려고 입을 뻥긋거려보아도 나오는 것이라고는 잔뜩 짓눌린 신음 소리뿐이었다.

"그래, 차라리 변명을 하지 마. 나 PD가 변명한답시고 거짓말이라도 지껄이면……."

바닥을 굴러다니던 유리 파편 하나를 주워 든 차동수가 눈을 번뜩거렸다.

"내가 정말 화가 날 것 같거든."

마치 포식자 앞에 바짝 엎드린 초식동물처럼 나윤섭은 온몸을 와들와들 떨었다. 차라리 경련에 가까울 정도로 몸을 떠는 나윤섭을 바라보는 차동수의 얼굴에 잔혹한 기운이 서렸다.

"만나서 뭐라고 했어? 나를 조심하라고 했나? 아니면……."

잠시 말을 멈추고 나윤섭을 바라보던 차동수의 숨결이 점점 거칠어져 간다.

그 씩씩거리는 숨소리에 나윤섭은 기절하고 싶을 만큼 두려워졌다. 벌써부터 바지춤이 축축해졌지만 그는 그조차도 느끼지 못했다.

"윤신애에 대한 이야기라도 했어?"

차동수의 음성은 한층 낮고 차분해졌지만 나윤섭은 본능적으로 깨달을 수 있었다. 지금 변명하지 않으면, 그를 납득시키지 못하면 자신은 여기서 죽을지도 모른다.

그 압도적인 공포 속에서 나윤섭은 필사적으로 변명을 하려 했다. 하지만 여전히 나오는 것이라고는 듣기 거북한 신음 소리뿐, 마치 벙어리라도 된 것처럼 듣기 싫은 소리가 연신 잇새로 새어 나왔다.

그런 나윤섭의 모습을 물끄러미 바라보던 차동수가 몸을 일으켰다. 손에 쥔 유리 파편을 떨어뜨린 그가 천천히 나윤섭의 머리를 쓰다듬었다.

"왜 그랬어. 우리는 같은 편이잖아. 우리는 한배를 탄 식구가 아니었나, 응?"

천천히 움직이던 그의 손길이 조금씩 우악스러워졌다. 그리고는 이내 핏줄이 돋아나더니 나윤섭의 머리카락을 거칠게 움켜쥐었다.

"억!"

나윤섭의 고개가 확 하고 젖혀졌다. 숨이 턱 막힐 정도로 젖혀진 고개 탓에 그는 저도 모르게 억눌린 비명 소리를 내뱉었다.

어마어마한 힘에 양손을 버둥거리며 차동수의 손목을 움켜잡았지만, 피둥피둥하게 살이 오른 자신의 손목과는 질적으로 다른 그 굳건한 손길은 미동조차 하지 않았다.

눈동자만 간신히 굴리니 눈물이 그렁그렁한 탓에 뿌옇게 바랜 시야 너머로 차동수의 얼굴이 바짝 다가섰다.

"왜 그랬냐고, 이 새끼야."

"도… 동수 씨, 놔줘."

울먹거리는 음성이 발음마저도 엉망이라 스스로가 무슨 말을 하는지조차 알아들을 수가 없을 지경이다. 하지만 그는 필사적으로 다시 입을 놀렸다.

"컥, 잘… 잘못했으니까. 제발 좀 놔… 놔줘."

그의 말에 차동수의 입가가 쭉 치켜 올라갔다.

"잘못했으면 벌을 받아야지. 저번에도 한 번 봐줬잖아. 보석이가 이지원한테 그 짓 하려고 했을 때, 사실은 나 PD도 같이하려고 했었잖아. 근데 내가 알면서도 눈감아줘서 보석이 새끼만 그 꼴이 났지. 근데 또 이런 실수를 해?"

"무슨 소리를……."

차동수는 나윤섭의 얼굴에 자신의 얼굴을 들이댄 채, 테이블 위로 손을 휘저으며 무언가를 찾았다. 차동수가 자신의 손끝에 닿는 묵직한 감촉을 느끼며 그것을 끌어당겼다.

얼음이 가득 든 스테인레스 통이 그의 손길에 그대로 딸려왔다.

"도… 동수! 동수 씨!"

미쳤다. 이대로 있으면 정말 죽고 만다. 차동수의 희번덕거리는 눈동자를 보며 나윤섭은 온몸을 발버둥 쳤다.

"재미있는 이야기를 하네."

그 순간 그들 사이로 끼어드는 음성이 있었다.

"나는 신경 쓰지 말고 일단 하던 얘기 마저 해. 기다려 줄 테니까."

언제 들어왔는지 문 앞에 선 장택근이 무표정한 얼굴로 그들을 바라보고 있었다.

*　　　*　　　*

차동수가 얼굴을 와락 일그러뜨렸다. 삐딱하게 서서 팔짱을 낀 채 자신들을 바라보는 장택근의 태도에서는 자신을 조롱하는 기색이 역력했다.

"커억!"

움켜쥐고 있던 손을 풀어주니 나윤섭이 고개를 숙이며 거칠게 숨을 몰아쉬었다.

"장택근. 몸도 안 좋다면서 이렇게 빨빨거리면서 돌아다녀도 돼?"

그의 음성이 차분한 듯하면서 사나웠다.

"우리 사이가 그렇게 안부를 묻고 그럴 사이는 아닌 것 같은데."

이제는 존칭마저 생략한 두 남자가 서로를 노려보았다. 뒷목을 쓰다듬으며 기침을 토해내던 나윤섭이 질린 얼굴로 차동수에게서 슬금슬금 멀어졌다. 차동수는 그런 나윤섭을 힐끔 바라보더니 다시 장택근을 노려보았다.

"여기 안 되겠네. 이렇게 개나 소나 다 들어오게 해줘서야 손님들이 마음 편히 술 먹겠어?"

차동수가 이죽거리니 장택근이 피식 웃었다.

"나 PD님, 거기 어정쩡하게 있지 말고 좀 이쪽으로 오시죠?"

차동수의 눈치를 보느라 어정쩡하게 서 있던 나윤섭이 장택근의 말에 차동수를 보며 눈치를 살폈다. 차동수가 그런 모습에 입꼬리를 비틀었다.

"앉아 있지, 나 PD? 우리 이야기 아직 안 끝났잖아."

나윤섭은 그 사나운 얼굴에 얼굴이 하얗게 질려 그대로 굳어버렸다. 장택근이 다시 말했다.

"이쪽으로 오라니까요. 거기 그대로 서 있으면 후회할 텐데."

장택근과 차동수 사이에 껴서 이러지도 저러지도 못하던 나윤섭이 결국 눈을 질끈 감았다 뜨더니 장택근이 있는 쪽으로 걸음을 옮겼다.

"저, 저, 저 병신……."

차동수의 말에 나윤섭이 화를 내기는커녕 오히려 겁에 질린 얼굴로 장택근의 뒤로 몸을 숨겼다.

"그래요, 거기 있어요. 혹시 중간에 나갈 생각 말고."

장택근의 나직한 말에 고개를 끄덕이던 나윤섭은 장택근

의 이글거리는 눈동자를 보고는 온몸에 소름이 돋았다.

늑대를 피하려다 호랑이를 만났다. 이런 경우에 쓰는 말이리라. 차동수보다 더하면 더했지 덜하지는 않은 장택근의 사나운 기세에 그가 핼쑥하게 질려 버렸다.

"아까 하던 이야기, 마저 들어야겠으니까."

그 말에 나윤섭이 정신없이 고개를 끄덕이는데 장택근이 다시 시선을 돌렸다.

아까보다는 한결 차분해진 얼굴을 한 차동수가 입꼬리를 치켜 올린 채, 장택근을 마주 보았다. 장택근은 느릿느릿한 걸음으로 그에게 다가섰다.

"내가 좀 이해가 가지 않는 게 있어서 말이야."

넓지 않은 룸을 가로지르니 금세 차동수의 지척이다. 걸음을 멈춘 장택근이 낮게 말했다.

"당신은 뭐가 그렇게 불만이지? 내가 당신한테 무슨 큰 죄를 지었다고."

따지고 보면 장택근과 이지원이야말로 피해자였다. 여자로서 평생 지위지지 않을 상처를 입을 뻔한 이지원과 그런 그녀를 보호하려다가 꿈을 포기해야 했던 장택근이다.

이 모든 것의 원흉이 차동수라는 것은 바보가 아닌 이상에야 알 수 있었다.

"잘못? 글쎄."

차동수의 얼굴이 씰룩거렸다.

"그런 거 없는데?"

이제는 노골적인 비웃음을 떠올린 차동수가 말을 이어갔다.

"그냥 나는 네가 더럽게 싫어. 존나게 싫어. 그냥 싫어. 보기만 해도 열이 받거든. 그래서 좀 눈에 안 보이게 치워 버리려고 했는데 일이 존나게 꼬이네."

마치 뒷골목의 양아치와도 같은 말투에 장택근이 피식 웃음을 지었다.

이런 새끼가 잘도 그간 좋은 사람 흉내를 내고 살았구나.

이번 아마존 촬영이 아니었다면 정말 평생을 성격 좋고 사내다운 배우라고 생각했으리라. 한 꺼풀만 벗겨내도 이렇게 바닥이 보이는 사람인데, 새삼 이 바닥의 친분이라는 게 얼마나 얄팍한 건지 느껴졌다.

하나같이 이런 가면을 쓴 사람들 천지인데 무슨 의리가 있고 우정이 있겠는가.

그의 얼굴에 떠오른 것이 너무도 명확한 비웃음이라 차동수의 얼굴이 순식간에 굳어버렸다.

차동수의 눈동자에 힘이 들어간다. 어금니를 꽉 깨문 탓에 씰룩거리는 턱이 마치 장택근을 씹어 먹으려는 듯 위협적이다.

"그냥 난 네가 눈앞에서 사라져 줬으면 좋겠어."

한 자 한 자 씹어뱉는 듯 말하는 그의 기세가 적의를 넘어 살의까지 보일 지경이었다. 가만히 차동수를 노려보던 장택근의 표정도 어느 순간 바뀌었다.

차동수의 눈동자 뒤에 일렁이는 광기, 그 음습하고도 폭력적인 빛에 저도 모르게 온몸의 근육이 긴장했다. 등가의 한편이 화끈 달아오르고 욱신거리는 통증까지 느껴졌다.

슬슬 본색을 보이려는가.

장택근은 자신의 몸에 일어난 변화를 그 어느 때보다 명확하게 인지하고 있었다.

지금 자신은 살인마 장필수와 다름이 없는 모습일 테지.

지옥 같은 곳에서 살아남기 위해 사람을 죽이고 죽여 마침내는 망가져 버렸던 그 사내의 모습은 자신의 모습과 놀라울 만큼 닮아 있을 것이다.

심장이 두근거린다.

온몸의 피가 빠르게 돌기 시작하고, 근육이 움찔대며 적당한 긴장감을 유지한다. 마치 사냥을 앞둔 맹수의 그것과도 같이 그의 온몸이 당장에라도 뛰쳐나갈 듯 움찔거렸다.

차동수의 모습이 변한다. 처음에는 자신을 죽일 듯이 노려보다가 이내 하얗게 질리더니, 또다시 얼굴 근육을 기괴하게 일그러뜨렸다.

그리고 끝내는 비틀릴 대로 비틀린 얼굴로 주둥이를 내밀며 거친 숨을 몰아쉬기 시작했다.

코끝을 찌르는 악취, 윤신애의 병실에서 맡았던 냄새와 다르지 않았다.

그리고 그가 그 사실을 깨달은 순간 희미한 룸의 조명이 무언가에 가려지듯 천천히 어두워져 간다. 그리고는 이내 룸 안에 완전한 어둠이 찾아들었다.

"헙!"

침묵이 내려앉은 어둠 속에서 나윤섭이 헛바람을 들이켜는 소리가 들렸다.

"재미있네."

장택근이 말했다. 목울대를 울리며 상대를 위협하는 사나운 맹수와도 같은 으르렁거림이 기이할 정도로 크게 울려 퍼졌다.

"그렇게 생각하는 내가 미친놈 같아서, 그래도 설마설마했는데……."

이제는 위협을 넘어서 명백한 살의가 담긴 그의 음성에 어둠이 몸을 떨었다.

"정말로 너였구나, 차동수."

새까만 어둠 속에서 장택근의 눈동자가 시퍼런 광망을 흘려 댔다.

"아니지."

어둠 속에 떠오른 시퍼런 광망의 맞은편에 그의 눈동자와 완전히 같은 시퍼런 안광이 떠올랐다.

"대체 정체가 뭐냐."

자신의 앞에 마주 떠오른 그 안광을 노려보며 장택근이 주먹을 움켜쥐었다.

*　　　*　　　*

나윤섭은 정신을 차릴 수가 없었다.

진즉에 차동수의 곁을 떠나는 건데, 하는 후회 속에서 꼼짝없이 살해당하나 싶었다. 그런데 갑자기 나타난 장택근 덕분에 살아남을 수 있었다.

하지만 안도의 한숨을 내쉴 틈도 없이 장택근이 말했다.

"그래요, 거기 있어요. 혹시 중간에 나갈 생각 말고."

차동수와는 비교도 안 되는 압박감에 침을 꿀꺽 삼키는데 그가 다시 말했다.

"아까 하던 이야기, 마저 들어야겠으니까."

그 말에 그제야 자신이 무슨 말을 나누고 있었는지 깨달은 나윤섭이 소스라쳤다.

'어디까지 얘기했지?'

손보석과 작당을 했다는 이야기까지?

그도 아니면 완전범죄를 위해 손보석을 밀림에 버리고 오자고 한 것?

하지만 아무리 머리를 굴려봐도 생각나는 것은 없었다. 방금 전의 자신은 차동수의 위협에 완전히 겁을 집어먹은 상태였다.

너무 정신이 없어서 차동수가 이야기를 한 것인지, 스스로가 입을 놀린 것인지조차 모호할 지경이었다.

그렇게 그가 생각에 빠져 있는 사이 장택근과 차동수가 서로를 노려보며 으르렁거리기 시작했다.

말 한마디를 할 때마다 살기가 뚝뚝 흘러내리는 건 차동수나 장택근이나 마찬가지였던지라 그들을 지켜보던 나윤섭은 다리가 후들거렸다.

사나운 기세를 풍기며 서로에게 이를 드러내는 그들의 모습은 도대체가 사람이 맞는지조차 의문이 들 정도로 난폭해 보였다.

서로에 대한 욕설도 없었고 상대를 위협하기 위한 그 어떤 허세도 없었다. 하다못해 손짓 하나 없는 두 사람의 모습이건만 왜 그리 위협적으로 느껴지는지 몰랐다.

저들에 비하면 주먹을 휘두르고 욕설을 하며 바닥을 나뒹구는 길거리의 싸움이 차라리 온화해 보일 지경이었다.

너무도 섬뜩한 모습인지라 차라리 눈이라도 감고 싶은 심정이었지만, 그렇게 눈을 감았다가는 무언가 달려들어 자신의 목덜미를 물어뜯을 것 같은 공포에 그는 시선조차 돌리지 못했다.

"그냥 난 네가 눈앞에서 사라져 줬으면 좋겠어."

차동수의 음산한 음성에 나윤섭은 벼락이라도 맞은 것처럼 몸을 떨었다. 인간 본연의 공포를 마구 자극하는 그 섬뜩한 목소리에 그는 정신을 차릴 수가 없었다.

그리고 형광등이라도 나갔는지 룸 안의 조명이 서서히 흐릿해지더니 이내 방 전체가 새까맣게 변해 버렸다.

가뜩이나 겁에 질린 상태에서 주변이 어두워지자 나윤섭은 숨을 들이켰다. 저도 모르게 신음을 내뱉는데 저 어둠 너머에서 무엇인가 느껴졌다.

마치 무언가에 홀리기라도 한 것처럼 시선을 돌리니, 어둠 속에서 팟 하고 시퍼런 빛이 나타났다.

보는 것만으로 심장이 덜컥 내려앉는 그 압도적인 공포 속에서 나윤섭은 그만 다리에 힘이 풀려 주저앉고 말았다.

당장 등 뒤의 문을 열고 뛰쳐나가고 싶었지만 장택근의 경고가 떠올라 도저히 그럴 수조차 없었다.

바닥에서 다리를 버르적거리며 조금씩이라도 그 빛으로부터 멀어지려고 난리를 쳤다. 하지만 그래 봤자 사방이 벽으로 둘러막힌 룸 안에서 어디를 가겠는가.

등가에 닿는 단단한 감촉에 그는 온몸을 떨었다.

그렇게 공포에 질려 발버둥을 치고 있는데 어둠 속에서 번뜩이던 시퍼런 불빛이 어느 순간 빛을 잃어가기 시작했다.

그리고 마침내 그 불빛이 완전히 사라졌을 때 룸을 뒤덮고 있던 어둠이 일순간에 사라졌다.

망가진 형광등처럼 깜빡이던 조명이 이내 룸 안을 밝혔다.

그리고 드러난 모습에 나윤섭을 숨을 들이켜야 했다. 그토록 그가 두려워했던 차동수가 바닥을 나뒹굴고 있었다.

온몸을 버르적거리며 발버둥을 치는데 간질 발작이라도 온 것처럼 온몸을 경련하고 있는 차동수의 모습이 끔찍했다.

입가에는 침이 질질 흐르고 있었고 흰자밖에 보이지 않는 눈동자는 핏줄이라도 터진 것처럼 시뻘겋기만 했다.

좀 전에 난동을 피우는 바람에 온통 깨어지고 부서진 유리 조각 따위가 그의 온몸을 새빨갛게 물들이고 있었지만, 차동수는 그저 몸을 떨며 사지를 버르적거렸을 뿐이었다.

그 앞에 우뚝 서 있던 장택근의 등이 이상할 정도로 넓어 보였다. 차동수에 비해 상대적으로 왜소한 몸이건만, 어깨를 펴고 바닥을 내려다보는 그의 뒷모습이 나윤섭의 눈에 박힐 듯이 들어왔다.

"흐어어어."

기이한 신음 소리를 내며 바닥에 몸을 비비는 차동수의 모습에 나윤섭이 뒤늦게 억눌린 비명을 내뱉었다.

"으아아."

나윤섭의 비명 소리에 장택근의 어깨가 움찔하더니 마치 망가진 목각인형처럼 뻣뻣한 동작으로 고개를 돌렸다.

샛노랗게 물든 눈동자, 보는 순간 영혼까지 차갑게 식어 버리는 그 시늘한 눈빛에 나윤섭은 양손으로 입을 가렸다.

장택근이 몸을 돌렸다. 그의 뒤로 여전히 일어설 생각도 못하고 버르적거리는 차동수가 있다.

그리고 그것이 나윤섭이 기억하는 그날의 마지막 기억이었다.

그리고 그가 다시 깨어났을 때는 병원이었다.

"정신이 드십니까?"

몽롱한 정신에 눈을 깜빡거리고 있는데 누군가의 음성이 들려왔다.

"누… 누구세요? 또 여기는……."

고개를 돌리니 수염이 지저분하게 돋아난 사내 하나가

자신을 바라보고 있었다. 그 얼굴이 너무도 단단해 보여 나윤섭은 겁에 질린 얼굴을 해보였다.

"나윤섭, 당신을 차동수 살인미수 혐의로 체포하겠습니다. 당신은 묵비권을 행사할 수 있으며 변호사를 선임할 수 있고, 당신의 진술은 법정에서 불리하게 작용할 수가 있습니다."

영문 모를 소리에 나윤섭이 눈만 껌벅거리고 있는데 품에서 꺼내 든 그의 경찰 신분증이 눈에 박힐 듯이 들어왔다.

* * *

박준규 감독의 흥행 신화.

'도살자', 2주 만에 300만 관객 돌파!

제3의 주연 장택근, 베일이 벗겨지다!

대형 포털사이트의 메인에는 연일 영화 '도살자'의 기사가 올라왔다.

개봉 전부터 압도적인 분위기의 홍보 영상과 론칭 포스터로 이슈몰이를 했던 만큼 개봉 둘째 주에 300만 관객을 돌파하는 기록을 세웠다.

흥행 기록으로 명성이 자자한 박준규 감독의 17번째 야심작이니만큼 흥행 기록이 좋은 것은 당연했다.

사람들은 영화가 개봉하기 전에는 홍보 영상의 편집 기술을 극찬했으나, 개봉 이후에는 배우들의 연기와 세련된 연출에 감탄을 토해낼 수밖에 없었다.

홍보 영상이 전부라든가, 영화 그 이상일 것이라는 예상과 다르게 영화를 보고 나온 관객들은 하나같이 생각 이상으로 높은 영화의 퀄리티에 극찬을 했다.

그중에서 가장 압권인 것은 최민혁의 세련된 연기도, 이지원의 애절한 연기도 아니었다. 장필수 역을 맡은 장택근의 압도적인 연기였다.

장택근이 극 초반 평이한 연기를 보여 홍보 영상에 대한 기대를 식게 만들었던 것이 무색하게 극의 중후반에 이르러서는 압도적인 연기를 선보였고, 그런 그의 모습에 대한 민국은 열광했다.

게다가 개봉 전부터 감탄이 절로 나오는 근육질의 몸매를 포스터로 공개하면서 주목을 받았던 그가 극중에서 보이는 야성적인 모습에 여성 관객들은 정신을 차릴 수가 없었다.

무언가 위험스러운 매력에 여성 관객들이 장택근앓이를

시작했다.

　그렇게 영화 '도살자'가 흥행 신화를 연일 기록하느라 기사를 토해낼 때, 그사이로 올라온 짤막한 기사들이 있었다.

　국민 PD 나윤섭, 배우 차동수에 대한 살인미수 혐의로 구속.

　차동수 공황장해로 활동 잠정 중단.

　원래대로라면 꽤나 대한민국을 떠들썩하게 만들었을 법한 소식이었지만 어쩐 일인지 기사 한두 개 올라오고는 그마저도 이내 삭제되어 버렸다.

*　　　*　　　*

　"네, 지금 가는 중입니다! 가는 중! 어휴, 차가 얼마나 막히는지… 금방 도착하니까 조금만 기다려 주세요!"

　운전하랴, 통화하랴 바쁜 사내의 모습에 장택근은 고개를 저었다. 곡예와도 같은 운전을 선보이는 것치고는 지나치게 천연덕스러운 사내였다.

　"형, 그러다 사고 나요. 좀 천천히 가요."

결국 장택근이 참지 못하고 말하니 장택근의 매니저 추영훈이 말도 안 되는 소리 말라는 표정으로 대꾸했다.

　"지금 택근이 기다리는 곳이 얼마나 많은 줄 알아? 메뚜기도 한때라고 이렇게 불러주는 곳이 많을 때 부지런히 돌아다녀야 나중에 비수기 때도 적당히 불러주는 거야."

　추영훈의 말에 장택근이 다시 한 번 고개를 저었다.

　"알았으니까 그래도 좀 천천히 가요. 진짜 심장 내려앉겠네."

　무표정한 얼굴로 엄살을 떠니 추영훈이 피식 웃었다.

　"알았어, 걱정 말라고. 내가 이래 봬도 총알택시 몰던 사람이야. 한창때는 서울에서 부산까지 두 시간 반 만에 쐈다니까."

　추영훈의 태도가 너무도 익살맞아 장택근은 결국 웃음을 지었다.

　"우와, 근데 안 피곤해? 나는 솔직히 택근 씨 기다리는 동안 차에서 잠도 좀 자고 그러는데 택근 씨는 한 3일 제대로 잠도 못 자지 않았어? 근데 완전 멀쩡하네."

　도살자가 흥행하면서 가장 바빠진 것은 장택근이었다. 제3의 주연이니 뭐니로 한창 대중의 관심을 끌다가 영화까지 흥행해 버리니 몸이 두 개라도 견디지 못할 정도로 스케줄이 몰려왔다.

바쁜 스케줄에 이리 뛰고 저리 뛰다 보니 그를 서포트하는 매니저 추영훈마저 쓰러질 지경이었다.

눈코 뜰 새 없는 스케줄에 제대로 쉬기는커녕 밤샘을 밥 먹듯이 하는 상황에 비해 너무도 멀쩡해 보이는 장택근의 모습인지라 추영훈이 질린 얼굴로 말했다.

"아, 전에 방송국에서 일할 때는 이것보다 더 했는데요, 뭐."

그가 웃으며 대답하니 추영훈이 고개를 저었다.

"그래도 배우하고 PD는 다르지. PD야 뭐 자기 프로그램만 뛰면 되지만 배우는 부르는 곳마다 가야 하니 뭐 비교가 되나."

그의 말을 듣고 장택근은 가만히 고개를 끄덕여 주었다. 스스로도 비정상적으로 강해진 체력이 아니었다면 소화하기 힘든 스케줄임을 느끼고 있던 터다.

그나마 이동하는 시간마다 잠을 자지 못했다면 어지간한 그라도 과로로 쓰러지고 말았을 살인적인 스케줄이었다.

"김 이사님도 원래는 이렇게까지 배우를 혹사시키는 분이 아닌데, 택근 씨한테 거는 기대가 워낙에 큰 모양이야."

추영훈의 말을 듣고 있는데 휴대폰이 드르륵거리는 소리를 내며 몸을 떨었다.

"형, 잠시만요. 전화."

"김 이사님?"

"네."

김인숙 이사라고 화면 가득 떠오른 휴대폰 액정을 바라보던 장택근이 휴대폰을 들었다.

"네, 이사님."

자세를 바로 한 장택근이 목소리를 가다듬으며 말하니, 김인숙 이사의 나긋나긋한 음성이 들려왔다.

―택근 씨, 지금 가는 중이야?

분명 장택근이 바쁜 것 이상으로 바쁘기만 할 그녀가 용케도 그의 스케줄을 기억하고는 전화를 했다. 대표라는 위치가 무색하게 장택근의 스케줄을 직접 챙기는 그녀다.

"네, 차가 조금 막히는데 아슬아슬하게 도착은 할 것 같아요."

―그래, 바쁠 때일수록 시간 약속은 잘 지켜야지.

그녀의 부드러운 음성에 장택근은 절로 고개가 저어졌다.

지금은 이렇게나 그를 부드럽게 대하는 그녀였지만, 그는 그녀의 본모습이 결코 호락호락하지 않다는 사실을 알고 있었다.

"네, 걱정 마세요."

―어휴, 내 정신 좀 봐. 운전은 영훈이가 하는데 택근 씨

한테 이런 소리를 하네.

그렇게 말한 김인숙이 은근한 목소리로 물었다.

—많이 피곤하지?

아니라고 대답을 했지만 말을 이어가는 그녀의 음성이 한층 낮아져 있었다.

—그래, 피곤해도 조금만 참아. 인기도 한철이라고 불러 주는 곳이 있어야 스타도 스타 대접을 받는 거야.

"네, 잘 알고 있습니다."

이미 몇 번이나 들었던 말이다.

—이해 좀 해줘. 저번 일 처리하는 데 회사도 꽤 여기저 기 손을 많이 쓰느라 손해가 커. 당분간은 좀 바쁘게 뛰어 다녀야 회사도 택근 씨도 살지.

그녀의 말에 장택근의 얼굴이 굳어졌다.

진즉부터 이야기가 오가던 이지원의 소속사와 계약을 하지 않고 김인숙의 품으로 들어갈 수밖에 없었던 이유가 거기에 있었다.

차동수는 자신을 만나고 완전히 미쳐 버렸다. 손 하나 대지 않았건만 저 혼자 바닥을 구르며 온몸에 상처를 만든 그는 개중 커다란 유리 파편에 목이 찔려 생명이 위험할 수준의 부상을 입고 말았다. 모르는 사람이 보면 사실 여부와 상관없이 영락없이 장택근이 위해를 입힌 꼴이었다.

게다가 처음부터 끝까지 그와 차동수의 대면을 지켜보고 있던 게 하필 나윤섭이었다. 그에게 경고를 해주며 더 이상 적대감이 없음을 표한 나윤섭이었지만 이미 한 번 그를 음해했던 전적이 있었다.

룸 안을 들어서며 마주쳤던 모든 사람과 나윤섭이 목격자고 증인이었다. 자칫 잘못하다가는 또다시 검찰 조사를 받게 될지도 모르는 상황이었지만 장택근은 아무런 걱정도 하지 않았다.

이미 김인숙과 모든 이야기를 끝낸 상태였고, 그녀가 뒷일을 맡아주기로 한 탓이었다. 그 덕분에 장택근은 차동수를 만나는 데 거리낌이 없었다. 그리고 호언장담을 하던 그녀의 말대로 모든 일은 원만하게 해결되었다.

룸을 통과하며 마주쳤던 사람들은 하나같이 그에 대한 언급조차 하지 않았고, 정작 목격자이자 증인인 나윤섭은 살인미수 혐의로 구속되어 버렸다.

게다가 혹시 구설수에 오를까 염려한 그녀의 조치 덕에 사건 자체가 은폐되다시피 해 장택근은 괜한 분란에 휘말리지도 않았다.

그녀가 그 탁월한 수완 뒤에 가지고 있는 저력을 실감한 그는 김인숙과의 계약을 이행할 수밖에 없었다.

"다 왔다, 봤지? 시간 남았지? 내가 말했잖아."

김인숙과의 통화를 끝내고 눈을 감은 채 잠시 피로를 다스리고 있던 장택근은 추영훈의 말에 눈을 떴다.

"나 기름 좀 넣고 올 건데 같이 안 가줘도 괜찮지?"

그의 말에 장택근은 고개를 끄덕여 주었다.

"에이, 제가 여기서 몇 년을 일했는데요. 걱정 말고 이따가 봐요."

차창 밖으로 보이는 M방송국의 건물을 보며 장택근이 걱정 말라며 차에서 내렸다.

"금방 올라갈 테니까 기다리고 있어!"

추영훈의 염려 섞인 당부를 뒤로 하고, 장택근은 M방송국의 건물에 들어섰다.

이전에는 그토록 지겹도록 오가던 방송국의 로비가 지금은 낯설기만 하다. 격세지감을 느끼며 그가 촬영이 잡힌 스튜디오를 찾아가는데 여기저기서 그를 알아보고는 수군거렸다.

"장필수 아냐?"

"대박, 실제로 보니까 자체 발광. 최민혁 저리 가라네."

아직은 장택근이라는 이름보다 장필수라는 이름이 더 알려진 그다. 그는 사람들의 수군거림을 기분 좋게 들어 넘기며 스튜디오에 들어섰다.

한창 촬영준비를 서두르던 스태프들이 그를 알아보고는 호들갑을 떨었다.

"아니, 이게 누구야. 우리 택근 씨 아냐!"

그중에서도 일전에 예능국에서 일할 때 모질게도 자신을 대하던 선배 PD가 있어 장택근은 한쪽 입꼬리를 치켜 올렸다.

"아, 네."

그의 심드렁한 태도에 잠시 말문이 막힌 PD가 눈동자를 데굴데굴 굴리더니 다시 친한 척을 했다.

"어휴, 바쁜데 와줘서 고마워요. 일단 촬영까지는 조금 남았으니까 대기실에라도 가 있을래요?"

"네."

건성건성 짤막하게 대답을 하니 PD의 얼굴이 굳어버렸다. 시종일관 냉담한 그의 태도에 기분이 상한 듯했다. 하지만 어쩌랴. 장택근은 지금 방송 3사는 물론 충무로까지 모셔가겠다고 난리를 치는 인기인인 것을.

인기 연예인의 섭외 여부에 따라 시청률이 오르고 내리는 예능국의 PD는 그저 억지웃음을 지으며 그를 대기실로 안내할 수밖에 없었다. 다른 사람을 시켜도 될 것을 직접 대기실까지 안내를 하는 PD의 태도에 장택근은 보이지 않게 미소를 지었다.

"그럼 촬영 시작까지 30분 정도 남았으니까, 일 보고 있어요."

끝까지 굽실거리며 그에게 친한 척을 하던 PD가 대기실을 나섰다.

"개새끼… 지가 언제부터 스타였다고. 아오, 빡쳐."

비정상적으로 발달한 청각 탓에 문 밖에서 들려오는 PD의 욕지거리가 그대로 들려왔다.

나윤섭을 비롯한 선배 PD들이 그를 괄시하고 핍박할 때 예능국에서 단 한 명이라도 그의 편이 있었던가. 오히려 과잉 충성을 한답시고 그들보다 더 악랄하게 그를 배척시키던 이들이다.

이제 와서 새삼 자신에게 친한 척을 한다고 그들을 바라보는 눈이 좋을 수가 없었다.

언제까지 마냥 인기가 있을 수는 없겠지만 그래도 지금 이 순간만큼은 저열한 복수심이라고 해도 조금 더 즐기고 싶었다.

"택근 씨는 이제 우리 소속 배우야. 괜히 어쭙잖게 빌빌거리지 말고 당당해져. 그리고 전에 자기 무시했던 사람들 있으면 말해. 이 바닥 사람이면 내가 특별히 스케줄 신경 써서 짜줄게."

새삼 김인숙의 말이 떠올랐다. 신경 써서 스케줄을 짜준다는 게 이런 것이었던 모양이다. 그의 피해 의식마저 어루만지는 그녀의 세심한 관리에 장택근은 감탄할 수밖에 없었다. 그렇게 생각에 잠겨 있는데 메이크업 아티스트가 찾아와 간단한 메이크업을 해주었다.

볼에 닿는 그 두터운 느낌이 이제는 익숙하게 느껴져 장택근은 쓴웃음을 지었다.

"촬영 시작합니다! 장택근 씨 잠시 대기해 주세요!"

대기실에 들어선 젊은 사내의 한마디에 장택근은 몸을 일으켰다. 대기실을 나서니 분주하게 오가던 스태프들이 숨을 죽이고 세트장을 바라보고 있었다.

"오늘은 세간에서 정말 특별한 분을 모셨는데요. 요즘 한창 영화 '도살자'로 인기몰이를 하는 중인 배우 장택근 씨를 모셨습니다!"

MC의 능숙한 소개 멘트에 장택근이 세트 위로 올라섰다.

촬영장에 가득한 카메라가 그 순간 장택근을 향했다. 장택근은 그 기분 좋은 긴장감을 즐기며 어깨를 폈다. 느긋하면서도 당당한, 신인 배우라고 도저히 생각할 수 없는 분위기의 그가 세트장에 올라서자 가뜩이나 조용하던 촬영장이 일순간 완전한 침묵에 잠겨들었다.

"시청자 여러분께 자기소개 좀 부탁드릴게요."

그의 당당한 태도에 조금이지만 감탄한 얼굴을 한 MC가 장택근에게 말했다. 잠시 목소리를 가다듬은 장택근이 카메라를 바라보며 말했다.

　"안녕하세요. 영화 '도살자'에서 장필수 역을 맡았던 신인 배우 장택근입니다."

2장

도살자, 개봉하다

"저기……."

장필수가 낮게 목을 울리며 말했다. 할 말을 찾는지 잠시 눈동자를 데굴데굴 굴리던 그가 다시 눈앞에 선 여인을 바라보았다.

"우리가 얼마 만에 본 거지?"

제 딴에는 반갑다고 지껄이는 목소리가 너무도 살벌해서 이예진과 김민수는 하얗게 질려 버렸다.

"2주야, 2주."

대답 따위는 애초부터 기다리지도 않았는지 장필수가 혼자

묻고 혼자 대답을 한다. 잔뜩 억눌린 음성이 가래라도 낀 것처럼 텁텁하고 탁하다.

"2주 만에 겨우 만난 거라고, 우리."

자신의 목소리가 마음에 들지 않는지 잠시 인상을 쓰며 고개를 젓던 그가 이내 표정을 가다듬었다.

"그간 잘 지냈어?"

그의 얼굴 근육이 기괴하게 씰룩거렸다. 입꼬리가 살짝 치켜 올라갔지만 단지 그뿐이다. 그것은 웃음이라고 하기에는 너무도 기괴하고 살벌한 종류의 것이었다.

그가 스스로도 자신의 표정이 이상하다는 것을 느꼈는지 잔뜩 상처나고 뭔가가 묻은 손으로 얼굴을 더듬는다.

"잘 지낸 모양이야. 마지막으로 헤어졌을 때 모습 그대로네."

복잡한 얼굴로 이내 말을 이어가는데 그 눈빛 뒤에 원망이 담겨 있다.

"왜 네가 하필 지금 내 눈앞에 있는 거지. 왜 하필 지금이야?"

그 영문 모를 원망에 김민수와 이예진이 눈을 크게 떴다.

"진짜 미치도록 너희가 보고 싶었거든. 외로워서 죽을 것 같았어. 이 지옥 같은 곳에서 홀로 떨어져 있다는 사실이 미칠 듯이 힘들었어."

그가 어깨를 들썩이기 시작했다. 눈물을 흘리며 흐느끼기라도 하는가 싶었지만 그의 악다문 잇새로 새어 나오는 것은 듣기 거북한 웃음소리였다.

그가 한참을 그렇게 어깨를 들썩이며 웃어대다가 별안간 얼굴을 감싸 잡았다.

"왜 하필 지금이냐고."

그의 얼굴이 악귀처럼 일그러졌다. 손가락 사이로 부릅뜬 눈이 시퍼렇게 빛났다.

"어제만 만났어도, 아니, 몇 시간 전에만 만났어도 나는 너희를 반겼을 텐데⋯⋯."

손톱 사이에 가득 낀 누군가의 살점과 검붉은 핏자국, 그리고 온통 붉은 그의 손가락 사이로 보이는 눈이 시퍼렇게 번뜩이고 있었다.

"반가워, 예진아."

그렇게 말한 장필수가 갑작스레 품에서 손도끼를 꺼내 들었다.

진즉부터 그가 정상이 아니라는 것을 깨닫고 있던 김민수가 기다렸다는 듯이 뛰쳐나가 이예진의 앞을 막아서며 장필수와 몸싸움을 벌였다.

입술이 짓이겨지고 코가 주저앉는다. 피가 튀고 살점이 떨어져 나간다.

마치 짐승의 그것과도 같았던 몸싸움이 끝났을 때, 장필수는 피가 꿀렁거리는 배를 부여잡고 바닥에 누워 있었다.

"필수야⋯⋯."

김민수가 하얗게 질린 얼굴로 찢겨 나간 장필수의 복부와 자신의 손에 쥐어진 날붙이를 바라보았다.

"킥, 이렇게 될 줄 알았어."

고통스럽지도 않은지 장필수가 키득거리며 웃었다.

"나는 단지……."

김민수가 덜덜 떨며 입을 뻥긋거리는데 장필수가 그의 말을 잘라냈다.

"그런 표정 짓지 마, 새끼야."

시퍼렇게 눈을 번뜩이던 방금 전과는 다르게 어딘지 모르게 처연한 눈빛을 한 장필수가 피가래가 섞인 기침을 토해내며 말했다.

"쿨럭, 병신 같은 놈. 아직도 여기가 어떤 곳인지도 모르고."

그렇게 말한 장필수가 잠시 뒤편에 서서 온몸을 와들와들 떨고 있는 이예진을 바라보았다.

"우리 말고도 여기 있는 사람은 많아. 그게 무슨 소리인 줄 알아? 그 놈들을 다 죽여야 너희가 이곳을 벗어날 수 있다는 소리야."

그가 덜덜 떨리는 손으로 품 안에 곱게 접혀 있던 종이 한 장을 건네주었다. 피가 잔뜩 묻어 알아보기 힘들었지만 김민수는 몇 가지 단어만큼은 읽을 수 있었다.

…죽이지 않으면 죽는다. 생존자는 마지막 한 팀.

"이 병신아, 잘해. 네가 잘해야 예진이가 살지."

"이 개새끼야! 차라리 같이 가자고 하지 그랬어!"

김민수가 울부짖으며 말했다.

"병신, 말했잖아. 늦었다고."

장필수가 다시 기침을 토해낸다. 한참이나 피를 토해내던 그가 마지막 말을 내뱉는다.

"살아라! 꼭 살아남아라. 살아남아서 우리를 이렇게 만든 놈들한테 복수해라."

피투성이 남녀가 서로 부축한 채로 새하얀 복도를 내달린다. 멀쩡한 곳 하나 없는 모습이지만 복도의 끝이 가까워 올수록 남녀의 얼굴에 희망의 빛이 차올랐다. 그리고 마침내 복도 끝에 다다라 투박한 철문 앞에 선 남녀는 서로 시선을 교차한다.

이 지옥 같은 곳과 바깥세상을 막는 장벽이라는 게 고작 이런 조잡스러운 문이라니… 김민수의 얼굴에 복잡한 감정이 떠올랐다.

"가자……."

이예진이 그런 사내의 뺨을 어루만져 주며 한마디를 남기는데 그 음성에 벅찬 감정이 역력하게 묻어난다.

김민수가 고개를 끄덕여 준다. 그리고 두 남녀는 함께 문고리를 잡고 세상 밖으로 나섰다.

끼이익.

낡은 문이 듣기 거북한 소음을 내며 세상과 그들을 연결해 준다.

"아아아…….”

이예진이 결국 참지 못하고 신음을 내뱉는데 그 안에 마침내 살아남고 말았다는 환희가 가득하다. 김민수 역시 눈부신 햇살에 몇 번이나 눈을 깜빡거리다 이내 환하게 미소를 지었다.

어이없게도 그렇게나 지옥 같았던 세상은 어느 번화가의 중심에 위치한 건물이었다. 철문을 열자마자 거리를 바쁘게 오가는 행인들과 연신 클랙슨을 울려대는 차량이 한가득했다.

그 순간 긴장이 풀렸는지 김민수가 그대로 쓰러졌다. 이예진이 힘겹게 그를 일으켜 보려 하지만, 그는 온몸을 축 늘어뜨린 채 움직이지 않았다.

"도와주세요!”

바닥에 주저앉아 그를 부둥켜안고 울부짖는 그녀의 모습에 사람들이 몰려들었다.

"저거 피 아니야?”

"뭐야, 저 사람들 이상해.”

저들끼리 수군거리며 곁눈질만 할 뿐, 선뜻 다가오는 이가 하나 없다.

"도… 도와주세요! 누가 구급차를 좀…….”

휴대폰을 꺼내 동영상을 찍어대는 사람들의 모습이 기이할 정도로 냉담하다. 결국 휴대폰을 내려놓고 주변을 에워싼 사람들에게 다가가 휴대폰을 빌려달라며 애걸했다.

붉은 액체가 잔뜩 묻은 손을 내미니 사람들이 비명을 지르며 물러났다.

"제… 제발…….."

그렇게 한창을 사람들의 외면 속에서 김민수를 살리기 위해 발버둥을 치던 이예진은 문득 귀에 익은 사이렌 소리를 들었다. 수군거리던 사람들이 사이렌 소리에 길을 내어준다.

"지나가겠습니다!"

누군가가 신고라도 한 것인가. 주황색 제복을 입은 사내들이 다가와 최민혁을 들것에 싣고, 구급차에 올라탔다.

"그쪽도 많이 다친 것 같은데, 일단 같이 가시죠."

구급대원 하나가 이예진의 팔뚝을 잡아 구급차로 이끌었다. 그녀는 눈물을 펑펑 쏟으며 김민수의 곁에 자리를 잡았다.

"가… 감사합니다."

이예진이 몇 번이나 고개를 숙여 보이며 구급대원에게 감사 인사를 하는데 구급차의 뒷문을 닫으려던 사내가 씨익 미소를 지었다.

"뭘요, 수고하셨습니다. 이예진 씨. 김민수 씨."

그의 말에 이예진이 순간적으로 소스라쳤다.

"저… 저기요!"

그녀가 필사적으로 문손잡이를 잡아 당겨보지만 철컥거리는 소리만 들릴 뿐 문은 열리지 않았다. 차가 느릿느릿한 속도로 움직이기 시작했다.

"열어주세요!"

그녀는 애타게 비명을 질러보았지만 요란스러운 사이렌 소리에 묻혀 그 누구도 그녀의 비명을 듣지 못했다.

＊　　　　＊　　　　＊

영화가 끝이 났다. 이미 시꺼멓게 변해 버린 지 오래인 화면을 보고도 관객들은 누구 하나 몸을 일으킬 생각을 하지 못했다.

너무도 강렬했던 영화에 넋이라도 나간 듯했다.

어둑어둑했던 영화관의 조명이 켜지며 일순간 어둠이 사라졌다.

"나가는 문은 이쪽입니다!"

영화관의 아르바이트생이 사람들을 보며 말하니 그제야 사람들이 정신을 차리고는 하나둘 몸을 일으키는데, 그 걸음걸이가 하나같이 좀비처럼 비척거리는 모양새였다.

이렇다 저렇다 말할 것도 없이 넋이라도 나간 사람들처럼 자신들의 안내를 따라 나가는 사람들을 보며 아르바이트생들이 작게 얘기했다.

"영화 진짜 대박인가 봐."

"보는 사람마다 저 꼬라지가 되네."

벌써 개봉한 지 두 달이 되어가지만 영화 '도살자'를 찾는 관객들의 수는 줄지 않았다. 아니, 이미 영화를 본 관객들도 다시 극장을 찾으며 상영관의 객석은 연일 매진이었다.

아무래도 성인 관람 등급이다 보니 같은 시기에 개봉한 다른 영화들에 비해 관객몰이가 조금 늦는가 싶었는데 사람들의 발길이 멈추지를 않았다.

"나도 보고 싶은데 혼자서 청승 떨면서 보기는 싫다구."

"아서라, 남자친구 생기는 거 기다리다가 영화 내려간다."

동료 아르바이트생의 말에 와락 인상을 찌푸린 그녀는 벽가에 붙어 있던 도살자의 포스터를 가리켰다.

"오늘도 누가 떼 갔다며?"

"변태 같은 년들이 할 짓이 없어서 남정네 몸 나온 포스터나 훔쳐 가고 말이야."

도살자의 포스터는 총 3종이 공개되었다. 톱스타 이예진과 최민혁이 나온 포스터, 장택근을 포함한 3명이 함께 나온 포스터, 마지막으로 장택근이 단독으로 나온 포스터였다.

그중에서도 사람들이 가장 많이 훔쳐 가는 것은 장택근의 단독 포스터다.

"몰라. 미친 것들이 방에다 붙여 두기라도 할 모양인가 보지. 나 같으면 그런 거 걸어 놓으면 잠도 못 자겠다."

군살 하나 없이 오밀조밀하게 근육으로 꽉 들어찬 상체에 잔뜩 피칠갑을 하고 눈을 번뜩이는 장택근이 마치 자신을 노려보는 것처럼 느껴진 아르바이트생은 이내 포스터에서 눈을 떼어냈다.

히터가 워낙에 잘 돌아가고 있어서 추울 리도 없건만 저 포스터 앞에만 서면 괜히 한기가 느껴졌다.

"어휴, 저번에 TV 나온 거 보니까 멀쩡하던데 포스터는 왜 이렇게 찍었을까."

"영화에서 살인마 역이니까 그렇지. 근데 방송에 나온 거 보니까 좀 내 스타일인 듯."

동료 아르바이트생이 황홀한 표정으로 말하자 그녀는 고개를 저었다.

"찝찝해. 저번에 잠깐 봤는데 진짜 살인마 같던데 알고 보면 진짜 막 미친놈 아냐?"

다시 한 번 몸서리를 치며 그녀가 그렇게 말하니, 동료가 구박을 했다.

"매소드 연기지! 매소드 몰라?"

동료의 익살에 결국 그녀가 피식 웃고는 사람들이 나간 상영관을 잠시 체크하고는 문을 닫았다.

*   *   *

"형! 천천히 가자니까 또 그러신다!"

이리 기우뚱 저리 기우뚱하는 차 안에서 장택근이 비명을 내질렀다.

"그럴 시간 없다니까! 후딱 가서 촬영 끝내고 또 다른 데 가봐야 돼."

눈 아래가 거뭇하게 변한 추영훈이 장택근의 말에 코웃음을 쳤다.

"아니, 바쁜 건 알겠는데 이러다가 사고 난다니까요."

그가 탄 밴이 갑자기 끼어드는 바람에 놀란 뒤차가 경적을 울리는 것을 보고는 장택근이 넌더리를 냈다.

"알았어. 이제 어차피 카메라 단속 구간이야."

기껏 다른 차들을 추월했더니 속도를 다시 늦춰야 한다는 게 아쉬운지 추영훈이 입맛을 다셨다.

"내가 가만히 생각해 봤는데."

차량의 속도가 느려지자 한결 여유를 찾은 장택근이 진지한 어투로 얘기했다.

"뭘?"

룸미러로 바라본 그의 표정이 심각하자 추영훈이 눈썹을 찌푸리며 물었다.

"형은 아무리 생각해도 직업을 잘못 구한 것 같아."

그 뜬금없는 말에 추영훈이 눈을 껌뻑이는데 장택근이 빠르게 말을 이어갔다.

"형이 있을 곳은 여기 강변북로가 아니라 송도 레이싱 서 킷이야. 아무리 생각해도 형은 밴을 몰 사람이 아니야."

진지한 말투와 표정에 괜히 겁을 먹었던 추영훈이 안도 의 한숨을 내쉬었다. 이러니저러니 친하게 지내고는 있지 만 장택근은 김인숙이 특별히 관리하는 배우다. 그의 말 한 마디에 자신의 목이 온전하고 달아나고가 결정되니 신경이 쓰이지 않을 수 없었다.

"뭐가 어째?"

놀란 가슴 부여잡고 짐짓 아무렇지도 않게 그의 말을 받 아주니 장택근이 실없는 웃음을 지었다.

"그냥 내가 보기에 형은 진짜 스케줄을 맞추는 게 목적이 아니라 스피드 자체를 즐기는 것 같아서."

"말을 말자, 말을. 거의 다 왔으니까 준비해."

추영훈의 말에 장택근이 장난스럽게 대꾸했다.

"알았어. 어휴, 진짜 추마허네. 그 꽉 막힌 도로를 몇 분 만에 주파한 거야."

차창 밖으로 보이는 방송국의 모습을 보며 장택근은 미 소를 지었다.

*　　　*　　　*

눈코 뜰 새 없이 바쁘다는 말이 어떤 건지 장택근은 절감하고 있었다. 영화 '도살자'가 400만 관객을 돌파하며 부르는 곳은 점점 많아지는데 자신의 몸은 하나뿐이었다.

밴에서 먹고 자고, 살인적인 스케줄에 어지간한 그도 지쳐 버렸지만 밴을 내릴 때면 피곤함을 숨기고 배우 장택근이 되어야 했다.

"형, 저 이러다 진짜 죽을 것 같은데요."

방금 라디오 촬영을 끝내고 나온 장택근이 처음으로 죽는소리를 했다. 그간 강철 같은 체력으로 관계자들을 질리게 만들었던 그의 하소연에 추영훈이 미소를 지었다.

"택근 씨도 사람은 사람이구나."

위로도 격려도 아닌 엉뚱한 말에 장택근이 와락 얼굴을 일그러뜨렸다.

"농담이 아니라 정말 죽을 것 같다고요."

그 말에 담긴 피로가 정말로 절절해 추영훈이 정색을 했다.

"이번 주만 버티자, 이번 주만. 다음 주부터는 스케줄을 조금 널널하게 잡을게."

대중의 관심에 목말라 하고 방송사의 연락을 목 놓아 기다리는 다른 연예인들이 들으면 뺨을 날릴 법한 이야기다.

"그 얘기 저번 주에도 했던 거 아시죠? 진짜로 저 죽는다니까요."

그간 묵묵히 스케줄을 소화했던 모습이 무색하게 한 번 입을 연 장택근은 끊임없이 피로를 호소했다.

"정말이야. 안 그래도 이제 슬슬 차기작 준비도 해야 하잖아. 연기도 제대로 더 공부하고, 좀 보자고. 이미 얼굴은 충분히 알렸으니까 미래를 보자고."

추영훈의 말이 그냥 하는 말 같지 않아 장택근이 눈을 동그랗게 떴다.

"김 이사님 의견인가요?"

"그래. 그러니까 조금만 참자, 응? 요번 주까지는 한참 전에 잡은 스케줄이 있어서 취소하기는 뭐하고, 다음 주부터는 좀 빼볼게."

장택근이 그제야 마음을 놓았다는 듯이 한숨을 길게 내뱉었다.

"그래도 힘들기는 진짜 힘들었나 보다. 택근 씨, 힘들다는 소리는 처음 듣네"

한 번 바닥까지 추락했었던 장택근이다. 이지원이 던져 준 박준규라는 동아줄을 잡고 간신히 올라섰는데 어영부영할 생각은 전혀 없었다. 조금이라도 더 이름을 알리고 자리를 잡기 위해 이를 악물고 버티고 버텼는데 이제는 정말 한계가 온 모양이었다.

"세 달 동안 누워서 잠 한 번 못 잤어요. 인기도 좋고 돈도 좋지만 일단 사람이 살아야죠."

이런저런 도움을 받고 김인숙의 그늘로 들어선 입장이라 계약 조건까지는 기대도 하지 않았다. 그저 그간 자신의 발목을 잡아왔던 문제들을 한 번에 정리한다는 데 의미를 두고 계약서에 사인을 했는데 의외로 김인숙이 제시한 조건은 나쁘지 않았다.

어지간한 중견급 연예인보다 더욱 나은 조건이었고, 지금도 통장에 잔고가 속속 쌓이고 있었다.

평생 벌어온 돈보다 1년 좀 넘는 시간 동안 번 돈이 훨씬 많다보니 인생무상까지 느껴질 판이었다.

하지만 하루 종일 끌려다니다 보니 돈을 쓸 시간조차 없었다. 도대체 자기 통장의 잔고가 얼마나 되는지조차 알 수 없었다.

마냥 행복한 고민이라고 하기에는 정말로 지쳐 버렸던 터라 장택근은 휴식을 간절하게 소망했다.

그렇게 지친 몸을 이끌고 오늘도 간신히 스케줄을 끝마쳤다. 사실 오늘이라고 하기에도 뭐한 것이 몇 시간만 지나면 다시 또 촬영이 연달아 있었다. 어제가 오늘인지, 오늘이 내일인지 도대체 분간조차 할 수 없는 스케줄에 그는 눈을 감고 잠을 청했다.

"택근 씨, 택근 씨."

몽롱한 와중에 익숙한 음성이 들려왔다. 어깨를 흔드는 그 조심스러운 손길에 장택근은 힘겹게 눈을 떴다.

"벌써 시간 됐어요?"

잔뜩 잠긴 목소리로 물으니 추영훈의 대답이 들려왔다.

"응, 많이 피곤하지? 조금만 참자. 진짜 이틀만 견디자. 화요일은 스케줄 통째로 비워놨어."

눈을 비비며 일어난 장택근이 고개를 몇 번이나 흔들었다. 아무래도 잠깐 사이에 꽤나 깊이 잠든 모양인지 잠이 좀처럼 깨지 않는 기색이었다.

뭔가 꿈을 꾼 것 같은데 도통 기억이 나지를 않아 몽롱함이 가시지를 않았다.

"이거라도 마셔."

추영훈이 내민 캔 커피를 받아 들며 그가 앓는 소리를 냈다.

"카페인 중독도 아니고… 하루 종일 커피만 먹으니까 속 쓰려 죽겠어요."

요즘 들어 그의 죽는소리가 여간 심해진 게 아니라 추영훈이 안쓰러운 얼굴을 해보였다. 배우를 이렇게까지 혹사시키는 건 김 이사님의 스타일이 아닌데 하고 중얼거린 그가 장택근의 어깨를 주물러 주었다.

단단한 근육으로 덮인 목이 잔뜩 굳어 있었다. 이것만 봐도 피로가 어느 정도일지 실감이 갈 정도라 추영훈이 성의껏 그의 어깨를 주물렀다.

"괜찮아요. 이제 좀 잠이 깨네요."

캔 커피를 단숨에 비워낸 장택근이 뺨을 두들기더니 밴에서 내렸다. 말과는 달리 비척거리는 걸음걸이가 영 불안해 보여 추영훈이 그의 곁에 바짝 붙었다.

"장택근이다!"

방송국의 주차장에 서서 들어오는 밴을 체크하고 있던 소녀 팬 한 명이 소리를 지르니 소녀들이 일제히 그를 향해 달려왔다.

"오빠! 사인 좀 해주세요!"

"사진 한 장만요!"

아우성을 치는 소녀들의 모습에 추영훈이 웃는 낯으로 앞을 가로막았다.

"저기 학생들, 택근 씨가 지금 좀 늦어서 사인은 다음에 해줄 테니까 조금만 비켜줄래? 길 좀 내줘요, 지나가게."

제 딴에는 친근하게 말한다는 게 커다란 덩치 탓에 제법 위압감이 있었다. 소녀 팬들이 굳은 얼굴로 물러서는데 그 중 한 여자아이가 야유를 퍼부었다. 속된 말로 깻잎 머리를 한 그녀는 딱 보기에도 불량스러워 보였다.

"쳇, 별것도 아닌 게 되게 비싸게 구네. 얘들아, 가자! 저기 우리 오빠들 온다!"

건들거리며 바닥에 침까지 뱉어낸 여자아이가 저 멀리 주차장을 통해 들어오는 밴을 향해 달려갔다.

"형, 얼굴 무서운데요."

창졸간에 굴욕을 당한 추영훈이 얼굴을 악귀처럼 일그러뜨린 채, 저 멀리 밴에서 내리는 모 아이돌 그룹을 향해 달려가는 소녀들을 노려보았다.

"가요, 늦겠어요."

장택근은 피식 웃으며 앞장을 섰다. 애초부터 성인용 관람가인 도살자인데 저런 소녀들이 자신의 팬일 리가 만무하지 않은가. 그저 눈에 익은 연예인이다 싶으니 달려든 것인데 추영훈의 과잉반응에 괜히 기분이 상한 모양이다. 덕분에 먹지 않아도 될 욕을 얻어먹은 장택근이었지만 기분은 추영훈이 더 상한 듯했다.

"저기요……."

장택근과 추영훈이 걸음을 옮기는데 소녀 팬 무리에 끼어 있던 여자아이 하나가 슬쩍 다가왔다. 추영훈이 불편한 표정으로 대꾸했다.

"저기 학생네 오빠들 있잖아. 늦으면 사인도 못 받겠다."

다른 소녀들에 비해서도 워낙에 자그마한 체구를 한 소

녀였던지라, 기분이 상한 추영훈도 차마 거칠게는 대하지 못하고 조심스럽게 그녀를 얼렀다.

"아니요. 저는 택근이 오빠 팬인데요."

등 뒤로 숨기고 있던 종이를 내미는데 '마성의 장택근' 이라 쓰인 글자 옆에 앙증맞은 하트마저 그려져 있었다.

"어이구, 우리 아가씨가 우리 택근 씨 팬이었구나."

잔뜩 일그러져 있던 얼굴을 활짝 편 추영훈의 말에 여자 아이가 주춤주춤 물러났다.

험상궂은 얼굴을 한 그가 살갑게 대하니 도리어 겁이 난 모양이었다.

팬이든 아니든 이래저래 굴욕을 당하기에는 마찬가지인 지라 추영훈이 다시 얼굴을 일그러뜨리는데 장택근이 웃으 며 소녀에게 말했다.

"오빠 팬이야? 근데 어떻게 하지. 만나서 반갑긴 한데 오 빠가 지금 촬영이 있어서 사인만 해줄게."

"그… 그거면 돼요!"

다른 건 기대도 않는다는 듯이 냅죽 자신의 품에서 노트 를 꺼내 든 소녀가 그의 사인을 받고는 고개를 꾸벅 숙였다.

"감사합니다, 오빠! 사랑해요!"

잔뜩 붉어진 얼굴로 말하는 모습이 어찌나 사랑스러운지 장택근이 사진 한 장도 찍어주었다.

"험. 소녀 팬들이 다 저러면 소원이 없겠다. 풋풋하구만."

추영훈이 방금 전의 굴욕도 잊은 얼굴로 중얼거렸다.

"가자, 이러다 늦겠다."

추영훈의 말에 장택근이 아직도 붉어진 얼굴로 자신을 바라보고 있는 소녀 팬에게 손을 흔들어주고는 방송국에 들어섰다.

"필수 오빠가 나한테 손을 흔들어줬어……."

장택근이 방송국으로 사라지고도 한참을 그가 사라진 방향을 바라보고 있던 소녀가 휴대폰을 꺼내 들고는 방금 전에 장택근과 찍은 사진을 멍하니 바라보았다.

"오늘따라 유독 얼굴에 생기가 도시네요?"

제집처럼 방송국을 오갔던 탓에 몇 번이나 메이크업을 받았던 메이크업 아티스트 안서희가 장택근에게 말했다.

아닌 게 아니라 그녀의 말마따나 장택근의 입가가 자꾸만 씰룩거리고 있었다.

"오늘 촬영만 끝내면 드디어 휴식이거든요."

정말로 기분이 좋은지 평소와 다르게 수다스러운 그의 대답이었다. 안서희가 그 말에 안쓰럽다는 얼굴을 해보였다.

"하긴 요즘 바쁘긴 진짜 바쁘셨죠?"

"네, 세 달 동안 하루도 못 쉬었어요."

푸념이 섞인 말이었지만 기분은 좋아 보이는 장택근의 음성에 그녀가 미소를 지었다.

"하긴 도살자 나오신 분들 보면 전부 엄청 바쁘시더라고요. 이지원 씨도 얼마 전에 방송국 들리셨는데 진짜 피곤해 보이시더라고요."

그녀의 말에 장택근이 고개를 끄덕였다. 그간 서로 워낙에 바쁘다보니 하루에 한두 통 문자를 주고받은 것이 다였는데 그마저도 피곤해 죽겠다는 말들 일색이었다.

벌써 얼굴 본지도 몇 달이 되어가는지라 장택근의 얼굴에 그리운 기색이 떠올랐다.

"그러게요. 지원이도 엄청 바쁜가 봐요. 하긴 지원이는 영화 찍기 전에도 늘 바빴죠."

새삼 그녀가 자신을 찾아와 연기 교습을 해준 것이 보통 각오로 한 것이 아니라는 사실을 깨닫고 있던 터라, 안서희의 말에 장택근의 눈가가 아련해졌다.

"뭐 최민혁 씨도 그렇고요. 전에는 그렇게 유쾌하셨는데 얼마 전에 뵀을 때는 한마디도 하시지 않더라고요. 피곤해서 그러셨겠지만 전 또 제가 뭘 실수했나 싶었다니까요."

그녀의 말에 기분 좋은 미소를 짓고 있던 장택근의 얼굴이 순간적으로 굳어버렸다.

지난 폭행 사건 이후로 최민혁과 장택근은 완전히 틀어져 버렸다. 주먹질을 하고 난 뒤에 더 친해지는 경우도 있다지만, 둘의 관계는 그렇게 얼렁뚱땅 넘어가기에는 너무도 과격하고 복잡했다.

이지원을 향한 마음을 조롱당했다고 생각하던 와중에 사내로서 치욕적이게도 사랑하는 사람 앞에서 흠신 두들겨 맞았다. 최민혁처럼 자존심이 강한 사내에게는 더할 수 없는 수치였을 것이다.

장택근의 입장에서도 갑작스레 술병을 내려친 그에 대한 앙금이 없을 리 없었다.

도살자의 홍보를 위해 필연적으로 마주칠 수밖에 없는 사이였던지라, 기획사의 주선으로 화해의 자리를 갖기는 했지만 그저 형식적인 사과가 오갔을 뿐이었다.

이래저래 서로 걸리는 일이 많으니 지난 일로 서로의 발목을 잡는 일은 없겠지만 그래도 찝찝한 건 어쩔 수 없었다.

"아… 네."

딱히 대답할 말이 없어 짤막하게 대답하니 안서희가 그의 불편한 기색을 눈치채고는 슬쩍 눈치를 살폈다.

뒤늦게 자신의 실태를 깨달은 장택근이 다시 웃는 낯을

해보였다.

"그나저나 서희 씨는 남자친구 없어요?"

화제를 돌린다고 한 말이 던지고 보니 무언가 치근대는 듯한 어조라 장택근이 아차 싶었지만 이미 늦어버렸다.

"아뇨, 없어요. 왜요?"

금세 빨갛게 볼을 물들인 그녀가 수줍게 물었다.

"아뇨. 그냥 서희 씨처럼 매력적인 사람이 아직도 혼자라는 게 믿기지 않아서요."

설상가상이다. 수습한다고 던지는 말이 하나같이 기름을 칠한 듯 느끼했다. 자신의 입이 통제를 벗어났다는 사실을 깨닫고 그대로 입을 닫았지만 이미 늦어버렸다.

안 그래도 도살자를 보고 그의 팬이 되었다는 안서희였다. 집에 포스터까지 구해놓았노라며 몇 번이나 팬심을 보이던 그녀에게 던진 말치고는 부적절한 언사였다.

"아! 택근 씨는 여자 친구 있어요?"

그녀의 말에 담긴 그 설렘에 장택근이 속으로 한숨을 내뱉었다. 인기를 얻고 나니 여러 군데서 비슷한 실수를 한 적이 있었다. 처음에는 자신의 인기가 신기해서 의도적으로 그녀들의 반응을 즐겼던 것인데 요 근래 들어서는 그게 몸에 배어버린 탓에 의도치 않은 실수를 하고는 했다.

이게 바로 연예인 병인가.

쓴웃음을 숨긴 채 안서희를 바라보니 촉촉한 눈망울로 자신을 바라보는 게 여간 부담스러운 것이 아니었다.

"아… 저는……."

이지원의 얼굴을 떠올리며 그가 막 입을 열려는 차에, 대기실의 문을 열고 누군가 들어섰다. 후줄근한 패딩을 걸친 그 사내는 이번 촬영의 조감독이었는데 대기실에 감도는 기이한 공기에 어리둥절한 표정을 지었다가 이내 장택근에게 말했다.

"촬영 곧 시작합니다! 메이크업 끝나셨으면 준비해 주세요!"

＊　　　　＊　　　　＊

"수고하셨습니다!"

촬영이 끝나자 스태프들과 출연진들이 서로 수고했다며 인사를 나눴다.

"택근 씨도 이제 여유가 좀 있네요. 처음 봤을 때까지만 해도 좀 보기 불편할 정도로 뻣뻣한 면이 없지 않았었거든요."

오늘 촬영의 진행을 맡았던 K방송국의 간판 MC 이재현이 장택근에게 살가운 미소를 지으며 말했다. 그 말에 장택근이 곰곰이 생각해 보니 확실히 전보다 마음이 편안해져 있었다.

"사실 아직도 잘 모르겠는데 그래도 자꾸 여기저기 나가다 보니까 조금 덜 어색하긴 해요."

마주 웃어 보이며 대답을 하니, 이재현이 휴대폰을 내밀었다.

"우리 언제 한번 술 한잔하죠. 택근 씨가 그렇게 술을 잘한다면서요."

바쁜 와중에 뒤풀이마저 안 끼는 곳 없이 끌려다니다 보니 본의 아니게 주당이라는 소문이 나버렸다. 술을 즐긴다기보다는 단순히 주량이 센 것이었지만 장택근은 내색하지 않고 그에게 전화번호를 찍어주었다.

K방송국의 간판 MC이자 국민 MC이기도 한 이재현과의 인연이다. 거부할 이유가 없었다. 게다가 능력을 떠나 인격 또한 순후했고, 자기 사람이다 싶은 사람을 잘 챙기기로 유명한 그이다 보니 자신과 연락처를 교환하자는 제의가 달갑기만 하다.

"언제 한번 시간 내자고요. 연락하면 빼기 없깁니다."

이재현의 말에 장택근은 고개를 끄덕여 인사를 해보이고는 촬영장을 분주하게 오가는 스태프들에게 다시 한 번 인사를 했다. 그리고는 나는 듯한 걸음걸이로 촬영장을 빠져나갔다.

"수고했어."

기다리고 있던 추영훈이 장택근을 보고는 수고했다며 어깨를 두들겨 주었다.

"형, 진짜죠. 오늘 이제 스케줄 없는 거죠? 내일도 없는 거죠?"

웃는 얼굴로 묻고 있었지만 혹시라도 말이 바뀔까 봐 염려하는 게 보이는 표정이라 추영훈은 웃음이 나왔다.

"그래, 오늘 진짜 끝이야. 내일도 쉬고, 모레는 사진 촬영 하나만 하면 돼."

그의 말이 끝나기가 무섭게 장택근이 환호를 했다. 얼마나 기뻐하는지 그 모습에 추영훈이 고개를 절레절레 저었다.

"가자, 피곤할 텐데 가서 쉬어야지."

장택근이 그 말에 열렬히 고개를 끄덕이고는 앞장서서 밴으로 향했다. 그 씩씩한 걸음걸이가 마치 어린아이의 뒷모습과도 같아 추영훈은 결국 크게 웃어버리고 말았다.

*   *   *

집에 도착한 장택근은 차라리 낯설게까지 느껴지는 집의

모습에 길게 한숨을 내뱉었다. 가뜩이나 김인숙과 계약을 하며 이사를 하느라 익숙해질 틈도 없었는데 눈코 뜰 새 없이 전국을 누비느라 제대로 찾아온 적까지 없었던지라 이제는 정말로 남의 집처럼 느껴질 지경이었다.

"으다다닷!"

온몸을 비틀며 스트레칭을 한 장택근이 신발을 벗고 집으로 들어섰다. 13평 남짓한 원룸 구조였던 전의 집과는 다르게 40평이 넘는, 혼자 살기에는 꽤나 넓은 집이다. 침대까지 가는 길도 그만큼이나 길었다. 그래 봤자 몇 걸음 차이겠지만 장택근은 체감상 그 거리가 길게만 느껴졌다.

그 정도로 그는 피로에 절어 있었다. 침대 앞에 선 그가 재킷을 벗어 던지고는 그대로 몸을 날렸다. 이사하며 구입한 고급 침대가 부드럽게 출렁거리며 그를 반겨주었다.

"아, 살 것 같다."

대체 얼마 만에 침대에 누워보는 것인지, 그 폭신한 감촉을 만끽하던 장택근이 눈을 껌뻑이다가 그대로 잠이 들었다.

*   *   *

띠릭. 띠릭. 띠릭.

귀에 거슬리는 기계음에 장택근은 슬며시 눈을 떴다. 잠깐 누워 있자는 게 그대로 잠이 들었던 모양이다.

몽롱한 눈으로 알람 시계를 바라보던 장택근은 눈을 휘둥그레 떴다. 잠깐밖에 못 잔 것 같은데 시간이 한참이나 지나 있었다. 무려 열한 시간이나 자버렸다.

멍한 머리로 시간을 계산해 보던 장택근은 왠지 시간이 아깝게만 느껴져 벌떡 몸을 일으켰다.

'오랜만에 지원이한테 연락이나 해볼까.'

휴대폰의 단축번호를 길게 누르니 액정에 이지원이라는 이름이 떠올랐다. 얼른 휴대폰을 귀에 가져다 대니 귀에 익은 신호 연결음이 들려왔다.

뚜우. 뚜우.

"여보세요?"

─촬영 시작할 거야. 이따가 전화할게.

신호가 끝나기가 무섭게 반가운 음성으로 말하니, 저편에서 이지원의 낮은 목소리가 들렸다. 그리고 끊겨 버린 전화에 그는 멍하니 휴대폰을 바라보았다.

역시나 바쁘구나.

제3의 주연이니 뭐니 하는 말로 대중들의 관심을 끌며, 살인마 장필수란 역할로 인기를 얻은 장택근이었지만 원래부터 톱스타였던 이지원에 비할 바는 아니었다. 고작 영화

한 편 찍었다고 나란히 서기에는 그녀의 인지도나 능력이 지나치게 탁월했다.

당연히 그녀는 장택근보다 부르는 곳이 더 많았고, 바쁠 수밖에 없었다.

그 모든 사실을 알면서도 괜히 서운한 감정이 든 장택근이었지만 고개를 털어 그 서운함을 함께 털어내 버렸다.

[힘내. 이지원 파이팅! 참고로 나 내일까지 쉰다.]

문자를 보내고 다시 침대에 누운 장택근이 하릴없이 이리저리 뒹굴었다. 그토록 간절하게 바라던 휴식이었지만 막상 쉬게 되자 할 일이 없었다.

바쁘게 뛰어다니던 순간 가장 부족한 것은 잠이었지만, 황금 같은 휴일을 잠으로 허비하기에는 뭔가 손해 보는 기분이라 잠마저 제대로 자지 못했다.

결국 한참이나 침대 위에서 뒹굴던 장택근은 휴대폰을 집어 들었다.

[뭐해? 나 오늘 휴일. ㅋㅋㅋㅋ]

그렇게 문자를 보내고 나니 바로 답장이 왔다.

[약 올리냐? 나는 당직이다.]

진재영의 문자였다.

[올, 수고. 나는 침대에서 행복한 시간 보내겠음.]

유치한 문자를 보내니 토라진 건지 그도 아니면 문자 보낼 틈도 없이 바쁜 건지 답장조차 없었다. 아마도 후자였겠지만 괜히 맥이 빠진 장택근이 한숨을 내쉬는데 휴대폰이 드르륵거렸다.

[오빠. 오늘 쉰다면서.]

[응. 내일까지 스케줄 없음. 근데 할 일도 없음. ㅠㅠ]

문자를 받기가 무섭게 답장을 써서 보냈다.

[그럼 피곤하지 않으면 우리 오랜만에 얼굴이나 볼까?]

[콜]

이번에도 정말 빛보다 빠른 속도로 답장을 보내니 저쪽에서 전화를 해왔다. 아무래도 문자보다는 통화가 빠르겠다고 생각한 모양이다.

─여보세요?

휴대폰 너머에서 들려오는 고운 음성에 장택근이 반가운 마음이 들어 밝게 대답했다.

"어, 신애야."

윤신애가 그의 음성에 담긴 반가움을 눈치챘는지 휴대폰 너머에서 작게 웃는 소리가 들렸다.

지난 자살 기도 사건 이후 장택근과 윤신애는 다시 예전의 관계를 회복했다. 완전히 전날과 같다고 말하기에는 애매했지만 확실히 원망도 미움도 사라지고 난 터라 서로를 대하는 데 거리낌이 없었다.

─진짜 시간 돼? 괜히 또 약속 잡았다가 스케줄 생겼다고 중간에 가는 거 아냐?

그녀의 농담 섞인 질문에 정말로 혹시라는 기색이 있어 장택근이 호언장담을 했다.

"인마. 김 이사님이 직접 지시한 일이란다. 절대 스케줄 생길 일 없어. 그리고 전화 오면 안 받으면 되지! 자고 있었다고 하면 뭔 일 있겠어?"

그의 말에 윤신애가 까르르 듣기 좋은 웃음소리를 냈다.

"너야말로 시간 돼?"

─당연하지. 어차피 나 요즘 활동도 안 하는데 뭐.

그녀의 대답에 장택근은 아차 싶었다. 지난 자살 기도 사건 이후로 그녀는 몇 달 동안 휴식기를 갖고 있었다. 일단 대중에게 알려지기로는 과로와 극도의 스트레스로 인한 우울증이 사건의 원인이었는데 사실 모든 내막을 알고 있는 장택근은 괜한 부분을 건드렸나 싶어 서둘러 수습을 했다.

"그래, 알았어! 준비하고 있어. 내가 데리러 갈게."

장택근의 말에 윤신애가 웃음기 가득한 음성으로 두 시간 뒤에 보자는 말을 남기고 전화를 끊었다.

"왜 하필 두 시간이야……."

씻고 옷 입고 나갈 준비를 해봐야 걸리는 시간은 고작 30분도 걸리지 않았던 장택근이 투덜거렸다. 약속 시간까지 시간이 애매하게 남아버렸던 터라 뭘 하기에도 마땅치 않았다.

결국 시계를 잠시 노려보던 장택근은 그냥 집을 일찍 나서기로 했다. 야구 모자를 눌러쓰고 목도리로 반쯤 얼굴을 가린 그가 지하 주차장으로 향하는 엘리베이터에 올라탔다.

"잠깐만요!"

엘리베이터 문이 막 닫히려는데 저 멀리서 웬 여자가 뛰어오는 것이 보였다. 서둘러 엘리베이터의 버튼을 눌러주니 그녀가 숨을 헐떡거리며 엘리베이터 위에 올라탔다.

잘 차려입은 오피스 룩에 단정한 머리를 한 그녀가 고개를 숙이고 호흡을 가다듬었다.

"감사합니다."

꽤나 급하게 뛰어왔는지 한참이나 숨을 몰아쉬던 그녀가 뒤늦게 버튼을 누르려다가 이미 눌러져 있는 지하 주차장 층에 다시 손을 거뒀다.

"감사합니다. 늦을 뻔했는데… 엘리베이터 놓쳤으면 저 진짜 좌절했을 거예요."

난생처음 보는 사내에게 붙임성도 좋게 말을 거는 그녀의 태도가 살가워 장택근이 손을 저어보였다.

"뭐, 버튼 한 번 누른 건데요."

"그게 어딘데요. 요즘 급하다고 부르면서 뛰어가는 거 보면서도 그냥 문 닫아버리는 얌체가 얼마나 많은데요."

그녀의 말에 생각해 보니 몇 번인가 그런 경험을 했었던 것 같기도 해 장택근이 고개를 끄덕여 공감을 표했다.

"근데 안 더우세요?"

그녀의 질문에 뜨끔한 장택근이 낮게 목소리를 깔고 대답했다.

"감기 때문에… 커흠."

그래도 딴에는 연기자랍시고 천연덕스럽게 연기를 하는 그의 모습에 여자가 안됐다는 표정을 지어 보였다.

"저런… 요즘 감기 엄청 독하다던데. 약은 드셨어요?"

엘리베이터에서 수다라도 한 보따리 풀 기세라 장택근은 조금 불편해졌지만 내색하지 않았다. 요즘 알아봐주는 사람이 많아 나름 신경을 써서 얼굴을 가린 것이라 그녀의 관심이 부담스러웠던 탓이었다.

하지만 어차피 조금 있으면 목적한 층에 도착할 것이고 그러면 그녀와는 작별이다. 괜히 서로 불편한 상황을 만들 필요는 없었다.

띵!

때마침 엘리베이터가 경쾌한 알림음을 토해내고는 문을 활짝 열었다.

"그럼……."

문이 열리기가 무섭게 고개를 숙여 보이며 엘리베이터를 빠져나가는데 여인이 그를 붙잡았다.

"장택근 씨!"

그녀의 말에 그가 그대로 걸음을 멈췄다. 딴에는 가린다고 가린 것인데 그래도 알아보는 사람이 있으니 다시 들어가서 옷을 갈아입어야 하나 하는 생각이 순간적으로 머리를 스쳐 갔다.

그가 잡생각에 빠져 있는 사이에 그녀가 다가와 말했다.

"케이 데일리의 기자 서윤아입니다. 잠깐 인터뷰 좀 해주시죠."

팬이라고 생각했는데 기자였던가. 기자라는 족속들에게 시달리다가 방송국에서조차 내쳐진 그였던지라 기자에 대한 거부감이 어마어마했다. 저도 모르게 잔뜩 굳은 얼굴로 그녀를 바라보니 그녀가 서글서글하게 웃으며 말했다.

"아주 잠깐이면 됩니다, 잠깐이면."

제 딴에는 친근하게 대한답시고 보이는 표정에 장택근은 넌더리를 냈다. 아까까지만 해도 붙임성이라 느꼈던 태도가 기자 특유의 능글맞음과 끈질김으로 느껴져 거부감이 느껴진 탓이다.

"할 말이 있으시면 저희 소속사를 통해 정식으로 요청해 주세요."

냉담하게 말했지만 서윤아는 낯빛 하나 변하지 않았다.

"에이, 그쪽에 요청해 봤는데 말이 안 통하니까 제가 이렇게 찾아온 거 아닙니까."

그녀의 말에 장택근은 다시 걸음을 옮기기 시작했다.

"저는 할 말 없습니다. 모처럼 쉬는 날까지 기자에게 시달리고 싶지는 않으니 이만 가주시죠."

그렇게 말하며 호주머니에 들어 있던 차키를 꺼내 들어 버튼을 누르니, 주차장 한구석에서 고급 외제차 한 대가 껌뻑거렸다.

"이야, 차 좋네요. 이거 2015년형이죠? 이 브랜드 저도 좋아하는데."

무시하고 가려는데 언제 따라붙었는지 서윤아가 그의 곁에 바짝 붙었다.

"저는 할 말 없습니다."

기자라는 소리를 듣고 완전히 돌변한 그의 태도에 서윤아가 결국 포기하고 차에 올라타는 그를 바라만 보았다.

"방송국에서 품위 손상을 이유로 징계를 받고 배우로 전향했다지? 그래서인지 기자에 대한 거부감이 심하네."

마치 누군가와 대화라도 하듯이 중얼거린 그녀의 손이 빠르게 뭔가를 적고 있었다.

"그나저나… 새끼… 겁나 잘 빠졌네."

유려한 곡선을 뽐내는 장택근의 차를 향한 것인지 그도 아니면 장택근을 향한 것인지 모를 애매한 말이다. 장택근의 차량이 그렇게 혼자 덩그러니 주차장에 서 있는 그녀를 지나쳐 주차장을 빠져나갔다.

장택근의 차량이 빠져나가자 그녀 역시 자신의 차를 향했다.

"어휴, 넌 왜 이렇게 못났니."

둔탁한 삑 소리를 내뱉으며 껌벅거리는 구형 경차를 바라보던 서윤아가 한숨을 내쉬었다.

3장

일상

소담스럽게 꾸며진 카페 앞에 잘빠진 차량 한 대가 섰다. BMW 마크를 단 쿠페의 모습이 워낙에 미끈해 주변을 오고 가는 사람들이 일순간 시선을 주었다가 차에서 내리는 사내의 모습에 숨을 들이켰다.

사내는 흔한 청바지에 재킷 차림, 그마저도 목도리와 야구 모자로 얼굴을 반쯤 가리고 선글라스까지 쓴 모습이다.

드러난 부분보다 가려진 부분이 더욱 많았지만, 기이하게도 그 모습만으로도 다른 사람들을 압도하는 무언가가 있었다.

저도 모르게 걸음을 멈춘 사람들이 홀린 듯이 그를 바라보았다.

"연예인 아냐?"

"자체 발광이다."

아니나 다를까 지나가던 행인들이 저들끼리 그의 정체를 짐작하느라 바쁜 걸음도 잊고 수군거렸다. 그대로 듣고 있다가는 조금 잘생겼다 싶은 남자 연예인들은 죄다 꺼낼 기세라 장택근이 서둘러 카페로 들어섰다.

카페에 가득한 사람들의 모습에 그는 모자를 더욱 눌러쓰고 주변을 둘러보았다. 한산한 카페에 들어서니 저 안쪽에서 익숙한 얼굴이 그를 반겼다.

과하지 않은 청초한 화장에 사람들의 보호 본능을 자극하는 여린 분위기를 풍기고 있던 윤신애가 그를 보며 손을 흔들었다.

"오빠도 연예인 다 됐네."

자리에 앉으며 인사를 하니 그녀가 웃는 얼굴로 말했다. 그 말이 꼭 연예인 병에 걸린 사람 같다는 말처럼 들려 장택근이 황급히 변명했다.

"요즘 여기저기 하도 얼굴을 들이밀고 다녔더니 알아보는 사람들이 좀 생겨서……."

그의 궁색한 말에 윤신애가 미소를 지었다.

"아냐, 멋있어. 잘 어울린다는 소리야."

배시시 웃어 보이는 모습이 불과 얼마 전에 자살을 시도했던 여인이라고 믿기지 않을 정도로 밝은 모습이었다.

"근데 넌 그렇게 나와도 돼?"

목도리며 선글라스며 야구 모자까지 꽁꽁 싸매고 나온 자신이 민망할 정도로 그녀는 긴 머리를 늘어뜨린 자연스러운 모습이었다.

"아, 어차피 나는 뭐 활동 안 한 지도 좀 됐고, 그리고 나 여기 다니는 거 알 만한 사람은 다 알아."

그녀가 아무렇지도 않게 대답하자 장택근이 앓는 소리를 냈다.

"괜히 나 때문에 너한테 불편한 일 생기는 거 아니야?"

안 그래도 자살 미수 사건으로 대한민국을 떠들썩하게 만들었던 그녀인지라 한동안 외부 활동을 자제해야만 했다.

방송 활동은 물론이요, 외출마저 자중하며 은거에 가까운 생활을 해오던 그녀가 오랜만에 외출을 했다.

그런데 딱 보기에도 나 연예인이요 하는 차림을 한 장택근과 공개적인 장소에서 만났다가는 괜한 구설수에 휘말리기 십상이라, 장택근은 우려 섞인 표정으로 그녀를 바라보았다.

"아니야. 어차피 여기 오가는 손님들은 어느 정도 다 수준이 있어서 연예인 봤다고 호들갑 떨고 가십거리에 목매는 사람들도 아니야. 그러니 걱정하지 마."

그리고 보니 카페에 드문드문 앉아 있는 사람들 중에 자신들을 바라보는 사람이 하나도 없다는 사실을 그제야 깨달은 장택근이 목도리를 풀어 재꼈다.

"어휴, 답답해 죽는 줄 알았네. 너희는 그동안 불편해서 어떻게 살았니?"

선글라스마저 벗으며 죽는소리를 하는 장택근의 모습에 윤신애가 작게 소리 내어 웃었다.

"금방 익숙해져. 그리고 잘만 찾으면 편하게 있을 곳도 많은걸."

그녀의 밝은 모습에 장택근은 순간 가슴이 먹먹해졌다. 이렇게나 밝고 착한 아이가 그동안 얼마나 마음고생이 심했을까 생각하면 속 좁게 굴었던 자신이 창피할 지경이었다.

그늘 하나 없는 그녀의 모습에 장택근이 조심스럽게 물었다.

"요즘에는 그런 거 안 보이지?"

그의 말에 윤신애가 순간적으로 멈칫하더니 이내 애써 웃어 보이며 고개를 저었다. 아무래도 아직까지는 아무렇

지도 않게 그 일을 이야기하기에는 시간이 부족했던 모양
이다.

그녀를 괴롭히던 그림자의 정체가 무엇인지, 차동수에게
들러붙어 있던 그 음험한 존재가 무엇인지, 장택근은 전부
알 수가 없었다.

게다가 그날로 모든 것이 끝난 것이 맞는지조차 알 수 없
었다.

하지만 눈앞에서 밝게 웃어 보이는 윤신애의 얼굴을 보
며 그는 안도의 한숨을 길게 내뱉었다. 지금은 이 정도로
충분했다. 나중에 가서 무슨 일이 생길지 모르겠지만 지금
은 윤신애가 다시 밝아졌다는 사실 하나로 충분히 만족하
고 있었다.

"그나저나 오빠 요즘 너무 잘나가는 거 아냐?"

윤신애가 슬쩍 화제를 돌렸다. 장택근은 그녀의 말에 호
들갑을 떨며 맞장구를 쳐 주었다.

"말도 마라. 세 달 만에 처음으로 쉬는 날이다. 그동안 침
대에 누워보지도 못 했어."

엄살을 떨며 하는 말에 윤신애가 안쓰럽다는 얼굴을 해
보이다가 이내 얼굴을 붉혔다.

"근데 오늘처럼 황금 같은 휴일에 나랑 만나는 건데 괜찮
아?"

슬쩍 기대가 떠오른 얼굴이었지만 장택근은 윤신애의 기분을 풀어주느라 미처 그 미묘한 감정을 눈치채지 못하고 대답했다.

"그럼! 우리 신애니까 만나는 거지, 알지? 오빠 비싼 몸이다."

되도 않을 허세를 떨며 말하고는 제 스스로 우스운지 낄낄거리고 웃는 그의 모습에 윤신애가 애써 덤덤하게 대꾸를 해주었다.

"알아서 모실게. 그래도 돈은 오빠가 잘 버니까 여기는 오빠가 쏘는 거다."

그녀의 말에 장택근이 가슴을 탕탕 치며 자신에게 맡기라고 어깨를 으쓱거렸다.

장택근은 그렇게 윤신애와 오랜만의 만남을 즐겼다. 그간의 거리가 순식간에 좁혀지고 다시 아마존에서의 그 가깝던 관계로 돌아온 듯한 기분에 장택근도 윤신애도 얼굴에서 미소가 사라지지 않았다.

차를 마시며 수다를 떨다 보니 저녁 시간이 다 되어 두 사람은 저녁 식사까지 마친 뒤에야 다음 만남을 기약했다.

"그럼 또 보자고. 너 백수인 거 다 아니까 빼기 없기다."

"백수라고 무시하지 마. 나도 조만간 다시 활동 시작할 거니까."

그녀가 볼을 부풀리며 말하는 모습이 너무도 애교스러워 장택근이 그녀의 머리를 쓰다듬어 주었다.

"왜… 왜!"

그녀가 순간적으로 당황한 나머지 얼굴을 잔뜩 붉힌 채 떠듬거리며 말하니 장택근이 깊은 눈빛을 해보였다.

"좋아보여서 다행이다."

그날 이후로 몇 번인가 만남을 가졌다지만 원체 상황이 복잡하기도 하고 그녀의 건강도 좋지 않아 그저 얼굴을 본 게 다였는데, 오늘 이렇게 보니 장택근은 마음이 적잖이 놓인 모양이었다.

"밥 잘 챙겨 먹고. 조만간 또 보자."

오늘내일은 스케줄이 없다지만 또 그 뒤로는 어떻게 될지 모르는지라 장택근이 아쉬운 얼굴로 말하니, 윤신애가 장난스러운 얼굴을 해보였다.

"응. 근데 진짜 조만간 또 볼 것 같은데."

"뭐?"

그녀의 혼잣말에 장택근이 물으니 그녀가 슬쩍 미소로 대답을 대신했다.

"가, 오빠."

그녀의 말에 다시 한 번 작별 인사를 한 장택근이 차에 올랐다. 그가 사라지고도 윤신애는 한참이나 그가 빠져나간 골목길을 바라보고만 있었다.

*　　　　*　　　　*

띠리릭.

귀에 익은 잠금 해제음을 들으며 장택근은 서서히 잠에서 깨어났다. 혼자 맥주를 먹다 잠든 탓인지, 눈이 제대로 떠지지 않았다. 끙끙거리며 한참을 일어나려 노력하는데 익숙한 음성이 들려왔다.

"이게 방이야, 돼지우리야."

퉁명스러운 음성에 단번에 방문자의 정체를 깨달은 그가 억지로 떠지지 않는 눈을 떴다.

"왔어?"

테이블 위를 굴러다니는 맥주 캔을 쓸어 담아 봉지에 넣고 있던 이지원이 그의 말에 고개를 돌렸다.

"방이 이게 뭐야. 이게 사람 사는 방이야?"

침대맡으로 다가오며 그녀가 한숨을 내쉬는데 장택근이 이불 속에서 손을 끄집어 내 그녀의 손목을 잡아당겼다.

"아야!"

갑작스러운 그의 행동에 전혀 예상도 못하고 있던 그녀가 기우뚱 균형을 잃더니, 그대로 침대에 철퍽하고 넘어지고 말았다. 아픈 것은 아니었지만 꽤나 놀랐던 터라 이지원이 눈썹을 찌푸렸다.

"너도 피곤할 텐데 괜히 방 정리한다고 부산 떨지 말고 좀 누워."

그렇게 말하며 슬쩍 그녀의 허리를 끌어안아주니, 그녀가 못 이기는 척 그의 품에 안겨왔다.

"술 냄새 난다."

그녀의 말에 장택근이 코를 벌렁거렸다.

"아, 잠이 안 와서 맥주 몇 캔 먹고 잤더니… 많이 나?"

"아니, 좋다. 내 남자 냄새."

오랜만의 만남이라 그런지 이지원이 평소답지 않게 솔직한 감정을 토로했다. 품을 파고드는 그녀의 체온을 느끼며 장택근이 미소를 짓는데 그녀가 가슴팍에서 꼬물거렸다.

"간지러워."

"근데 오늘 하루 종일 뭐했어?"

그녀의 말에 장택근이 가만히 기억을 더듬어보니, 윤신애를 만난 것을 제외하고는 딱히 한 것이 없었다.

"신애 잠깐 만나서 차 마시고 밥 먹고, 그리고 하루 종일 잤어."

이지원이 순간적으로 품에서 굳는 것이 느껴진 장택근이 그녀를 부드럽게 안아주었다.

"걱정 마. 이제 신애도 완전히 돌아왔어. 우리를 따라다니던 게 뭔지 모르지만 이제는 없어졌나 봐."

그의 말에도 품에 안긴 그녀의 굳은 몸은 풀리지 않았다.

아마존에서 그가 꾸었던 악몽, 그리고 미지의 존재.

윤신애의 병실에서 마주쳤던 정체불명의 어둠, 그리고 차동수에게 들러붙어 있던 기이한 그림자까지.

자신을 제외하면 모든 사실을 유일하게 알고 있는 이지원이니만큼 그들을 괴롭혔던 어둠이 이렇게 쉽게 떨어져 나갔다는 사실이 믿겨지지 않는 모양이었다. 당차기만 한 그녀가 지금은 한 마리 작은 새처럼 몸을 떨고 있었다.

"근데 대체 뭐였을까?"

한참 만에 꺼낸 그녀의 음성이 그녀의 떨리는 몸보다 더욱 큰 떨림을 담고 있었다. 장택근이 그녀의 말에 잠시 눈을 감았다가 떴다.

"검은 재규어의 정령이라도 됐을까. 그것도 아니면 원래 죽었어야 할 우리들을 따라온 저승사자라도 되는 것일까."

자신이 말하고도 말이 되지 않는다 생각했는지 이내 장택근이 화제를 돌렸다.

"그게 무엇이든 간에 더 이상 신경 쓸 필요 없어."

그의 말투가 확신에 차 있어 이지원의 떨림이 조금은 잦아들기 시작했다.

"다시 마주치면 또 박살을 내주면 될 뿐이야."

"차동수 때처럼?"

그녀의 말에 장택근이 고개를 끄덕여 주었다.

차동수와 만났던 그날, 정체불명의 무언가는 분명 자신을 위협했었다.

새까만 어둠 속에서 시퍼렇게 눈을 빛내며 자신을 노려보던 '그것'은 짙은 썩은 내를 풍기며 지척까지 다가와 그 끔찍한 주둥이를 열어보였다. 그 악취가 너무도 끔찍해 하마터면 정신을 잃을 뻔하기도 했지만, 자신의 안에서 갑작스레 깨어난 무언가로 인해 상황은 역전되었다.

그리고 그날 깨달았다. 자신 안에는 '그것'들이 아무리 몰려와도 눈 하나 꿈쩍하지 않는 압도적인 무언가가 있었다.

사납게 이를 드러내던 차동수와 '그것'조차 그의 안에 잠들어 있던 무언가가 깨어나자 온몸을 떨며 무릎을 꿇어야 했다.

하지만 한 번 깨어난 그것은 그 정도 사죄로 자신의 존재를 위협받았다는 것을 용서할 생각이 없던 모양이다.

결국 버러지처럼 바닥을 기며 존재 자체가 완전히 깨어지고 망가져 버린 차동수였다.

그 장면을 다시 한 번 떠올리던 장택근이 말했다.

"그게 무엇이든……."

앞으로 그 어떤 것이 찾아와도 그는 이겨낼 자신이 있었다. 그렇게 생각하니 등가의 한편에 위치한 문신과도 같은 흔적이 욱신거리며 열을 토해냈다.

"그러니까 너는 아무 걱정도 하지 마."

애써 등가의 통증을 무시한 장택근이 갑작스레 그녀의 허리를 힘주어 끌어안았다.

"뭐하는 거야."

"뭐하기는 오랜만에 만난 연인이 서로의 사랑을 확인하는 거지."

그 능글맞은 대답에 이지원이 한참이나 발버둥을 치다가 장택근이 어디를 어떻게 건드린 것인지 열띤 신음 소리를 내뱉기 시작했다.

*　　　*　　　*

장택근은 정말로 오랜만에 놀부영상의 자회사, NB엔터테인먼트로 출근했다. 오랜만에 휴식을 즐기고 온 탓인지 활력이 넘치는 얼굴을 한 그가 사람들에게 인사를 하며 사무실에 들어섰다.

"이사님, 장택근 씨 오셨습니다."

언제 보아도 깔끔한 모습에 감탄이 절로 나오는 김인숙의 비서가 그의 방문을 알리자, 김인숙이 문을 열고 나와 그를 반겨주었다.

　"어서 와요. 서 있지 말고 앉아요."

　검정색 투피스 슈트를 맵시 있게 차려입은 그녀가 비서에게 마실 것을 부탁하고는 살가운 태도로 장택근을 자리로 안내했다.

　그가 고급스러운 가죽 소파에 자리를 잡자 김인숙이 웃는 얼굴로 안부를 물었다.

　"오랜만에 쉬니까 어때요? 좀 충전이 된 것 같아요?"

　"네, 이제 좀 숨통이 트이는 기분이네요."

　지난 3개월간의 살인적인 스케줄을 떠올리는 것만으로도 넌덜머리가 나는지 그가 질색이라는 얼굴로 대답했다. 그 과장스러운 얼굴에 그녀가 정색을 하고는 엄한 표정으로 그를 달랬다.

　"대중의 관심에서 멀어지지 않으려면 부지런히 얼굴을 비춰야 해요. 진짜 탑 스타들은 휴식기마저 이슈가 된다지만 우리 택근 씨는 아직 그런 레벨은 아니잖아요?"

　잘 알고 있었다. 그녀의 말이 아니더라도 그간 인기몰이를 하다가 자의 또는 타의에 의한 휴식기를 가진 연예인들이 어떻게 대중들의 관심에서 멀어지는지, 또 그렇게 잊힌 이들이 다시 원래의 자리를 찾기 위해 얼마나 피눈물을 흘리며 후회를 하는지도.

그는 방송국에서 일하면서 지겹도록 봐왔었다.

"이 바닥에서 오래 살아남으려면 짧게 쉬더라도 제대로 쉬는 법부터 배워야 해요. 그래야 기회가 왔을 때 기진맥진해서 허덕이지 않지."

다른 배우나 가수들 역시 어마어마한 스케줄을 소화하고 있다는 사실을 알고 있던 터라 장택근은 다부진 표정으로 고개를 끄덕였다.

그의 망설임 없는 태도가 마음에 들었는지 잠시 미소를 짓던 김인숙이 그를 보며 물었다.

"그래, 내가 왜 부른지는 알고 있죠?"

그녀의 호출에 앞서, 추영훈의 언질이 있었다. 덕분에 그녀가 부른 이유를 어렵지 않게 생각해낸 그가 자세를 바로 했다.

"드라마 출연 때문 아닌가요?"

김인숙이 그 말에 고개를 끄덕여 주고는 말을 이어나갔다.

"맞아요. 그간 온갖 방송 다 불려 다니느라 힘들었죠? 이제 그 정도면 얼굴도 알릴 만큼 알렸으니 본업으로 돌아갑시다."

장택근의 얼굴에 화색이 떠올랐다. 미리 얘기를 듣기는 했지만 그녀의 말을 듣고 나자 적지 않게 안심이 되었다.

예능 프로그램이든, 드라마든, 영화든, 카메라 앞에 선다는 사실은 똑같았지만 아무래도 아직까지 예능 프로그램에 출연하는 것은 그에게 익숙하지 않았다.

진행자들의 진행에 맞추어 이야기를 늘어놓고 리액션을 보여줘야 하는 예능 프로그램을 촬영하다가 얼굴 근육에 경련이 일어날 뻔한 게 한두 번이 아니었다. 또한 대중이 원하는 모습을 보여준답시고 말수는 줄이되 그렇게 간간히 던지는 말들이 모두 위트 있고 재미있어야 한다니 고욕도 그런 고욕이 없었다.

그렇게 예능 프로그램에 출연해서 되도 않을 모습을 보여주느니 차라리 박준규 감독과 일할 때처럼 호통을 받을지언정 연기를 하는 것이 속편했다.

"그렇게 좋아하지 말아요. 드라마도 만만한 건 아니니까, 영화 하나 찍었다고 그렇게 기고만장하면 안 돼요."

속마음이 표정으로 드러났던 모양이다. 김인숙이 엄하게 그를 타일렀다.

"드라마야말로 체력 싸움이거든. 매주 두 편씩, 분량을 만들어내려면 배우도 스태프들도 밤을 새워가며 촬영을 해야 해요. 아, 이쪽은 택근 씨가 전문인가?"

이미 방송국에서 PD로 일했던 전적과 방송국을 나오게 된 경위까지 모두 알고 있던 그녀였던지라 말에 거침이 없었다. 장택근은 고개를 끄덕이며 그녀의 말에 동의를 표했다.

사실 드라마 촬영을 하면 배우들보다 더욱 지치는 게 스태프들이었다. 배우들은 자기 촬영 분량만 찍고 촬영장을 뜨지만 남아 있는 스태프들은 주연, 조연 할 것 없이 분량을 만드느라 밤을 새우기 일쑤였다.

하지만 막상 배우의 입장이 되자 배우 역시 마냥 편한 것은 아니라는 사실을 깨달았다. 드라마 하나만 찍는다면 모르겠지만 대부분의 기획사는 그들을 그렇게 놀려두지 않으니까.

그렇게 생각하니 김인숙이 또 얼마나 자신을 굴릴지 벌써부터 오한이 드는 장택근이었다.

"하여간 거기 앞에 놓인 게 이번에 들어온 캐스팅 제의예요."

그녀의 말에 그가 조심스럽게 테이블 위에 놓여 있던 시나리오를 펼쳐 보았다. 이리저리 시나리오를 뒤적거리며 눈으로 내용을 검토하던 그가 고개를 들었다.

"음… 전부 액션이네요?"

시나리오를 훑어본 장택근이 의문을 담아 물으니 김인숙

이 느긋한 말투로 설명을 시작했다.

"도살자에서의 임팩트가 워낙에 강해서요. 당장에 연기 변신을 하겠다고 로맨스를 하고 싶어도 제의가 오는 곳이 없어요. 당장 살인마에서 로맨스의 남주로 연기 변신을 하는 건 조금 무리인 것도 사실이고, 억지로 머리를 들이밀자면 못할 것도 없지만 굳이 그렇게 무리해서 연기 변신을 할 필요는 없으니까요."

아무래도 영화 '도살자'에서 그가 맡았던 역할이 살인마였다 보니 아직까지도 그 인상이 너무도 강렬하게 남아 선뜻 출연 제의를 해오는 곳이 없는 모양이었다.

"차근차근 갑시다. 살인마 연기자에서 액션 배우로, 그리고 다음에는 뭐가 됐든 처음보다는 선택의 폭이 다양해지겠죠?"

그녀의 말이 구구절절 옳은지라 장택근은 고개를 끄덕였다.

"셋 중에 뭐가 마음에 들어요? 셋 다 조건도 비슷하고 시기도 비슷해요."

장택근은 잠시 고민하는 얼굴이 되었다. 시나리오는 아무래도 드라마의 특성상 대동소이했다. 세부적인 내용이야 어마어마하게 다르다지만 그가 연기해야 할 배역들은 크게 다르지 않았다.

"가난한 복서, 냉철한 첩보원, 암흑가의 젊은 보스."

그가 입술을 매만지며 중얼거리자 김인숙이 그의 결정을 거들었다.

"가난한 복서는 택근 씨 이미지를 조금 더 바꾸면서도 그 야성적인 매력을 살릴 수 있는 배역이고, 첩보원은 살인마의 이미지에서 크게 바뀌지는 않을 거예요. 말이 첩보원이지 거의 킬러에 가까운 배역이라서… 그리고 보스 역할은 뭐 로맨스도 있고, 액션도 있고, 잡탕이긴 한데 다양한 경험을 하고 나중에 시나리오가 어떻게 흘러갈지 모르니 배우는 게 있을 거예요."

그녀의 설명을 한참이나 듣던 장택근이 테이블 위에 놓여 있던 시나리오 중 하나를 골랐다.

"이걸로 하겠습니다."

그의 말에 김인숙이 고개를 절레절레 저었다.

"짓궂네, 택근 씨. 이미 알고 온 거야?"

그녀의 말에 그가 영문을 몰라 눈을 껌뻑거리니 그녀가 피식 웃으며 말했다.

"택근 씨가 고른 시나리오 촬영 스케줄이……."

거기까지 말한 그녀가 소파에 깊게 몸을 묻었다. 마치 탐색이라도 하듯 장택근의 얼굴을 바라보는 그녀가 눈꼬리를 휘어 올렸다.

"M방송국의 '아름다운 세계'와 겹쳐요."

생각지도 못한 그녀의 말에 장택근이 눈을 휘둥그레지게 떴다.

"모르고 있었구나. 김석천 PD의 '아름다운 세계'와 정면으로 맞부딪치는데."

김석천 PD의 '아름다운 세계'라는 말에 장택근이 와락 얼굴을 일그러뜨렸다. 그렇게나 공을 들였던 자신의 기획안이 남의 손에 들어간 것도 모자라 이렇게 다른 곳에서까지 그 이름을 듣게 될 줄은 몰랐다.

영화 촬영을 하면서 일부러 공중파 방송을 피해가며 외면했었던 터라 이미 방영이 끝났겠지 하고 잊으려고 했다. 또 그렇게 잊고 있었고.

그런데 자신이 방송국을 나온 지 2년에 가까운 시간이 다 되어가는 지금 이 시점에서 드라마가 제작에 들어간단다. 그의 기분이 복잡할 수밖에 없었다.

"촬영이 많이 늦었죠? 그때 당시에 캐스팅 계약을 했던 배우들이 줄줄이 고사를 하면서 마땅한 배우를 찾지 못해 무기한 딜레이가 됐었던 모양입니다. 이제 겨우 배우 섭외해서 촬영에 들어간다는데 참 아이러니하죠?"

그렇게 말하며 눈을 빛내는 그녀의 태도가 재미있어 죽겠다는 얼굴이라 장택근이 한숨을 길게 내뱉었다.

"다른 두 개의 시나리오는 언제 촬영이죠?"

혹시나 해서 물으니 그녀가 진한 미소를 지었다.

"비슷해요. 사실 어떻게 되든 간에 M방송국의 신작 드라마하고는 일정이 겹치는 부분이 있죠."

역시나 그녀가 이런 상황을 유도했던 모양이다. 그의 얼굴에 확신이 생기자 그녀가 깔깔거리고 웃었다.

"재미있지 않아요? 택근 씨가 피땀 흘려 기획한 드라마를 택근 씨가 직접 밟아야 한다니. 나만 재미있나?"

그녀의 질문에 장택근이 저도 모르게 절레절레 고개를 흔들었다.

"그리고 사실……."

한참을 웃어대던 그녀가 갑작스레 얼굴을 바짝 들이대며 입을 열었다.

"일정이 겹치지 않아도 겹치게 만들려고 했어요. 그 정도 능력은 있거든."

투자 제의를 하든 뭘 하든 그녀의 수완이라면 충분히 가능한 일이었다. 하지만 장택근은 그녀의 행동이 이해가 가지를 않았다. 굳이 이렇게까지 하는 이유가 뭘까.

"왜죠?"

결국 참지 못한 그가 무거운 어조로 묻자 김인숙이 더욱더 그에게 가까이 다가섰다.

"복수, 복수하고 싶지 않아요?"

그 섬뜩한 속삭임에 장택근은 저도 모르게 몸이 굳었다. 시선을 돌려 그녀의 눈을 똑바로 바라보니 그녀의 눈동자 뒤로 기이한 열기가 언뜻언뜻 보였다.

"사람은 성공하고자 하는 마음에 여러 가지 동기가 있을 수 있어요. 하지만 저는 그중에서 가장 높게 쳐주는 게 복수심이랍니다."

그녀의 말에 장택근은 뒤늦게 어렴풋이 그녀의 뜬금없는 행동이 이해가 가기 시작했다.

"복수해요. 원하잖아요. M방송국 드라마국장, 김석천 PD, 택근 씨 것을 뺏어간 사람들에게 보란 듯이 복수해요. 그리고 보여줘요. 택근 씨가 얼마나 가치 있는 사람이었는지, 그들을 후회하게 만들어주라는 말이에요."

그 끈적끈적한 음성에 장택근은 저도 모르게 가슴 한구석이 뜨거워졌다.

그리고 왜 복수심이 없겠는가. 다만 방법이 없으니 그저 이 바닥에서 성공해서 그들을 눈 아래로 내려다보겠다는 막연한 복수 방법을 생각했을 뿐이었다. 하지만 김인숙의 제안에 그는 새로운 길을 찾았다.

"나는 우리 배우가 별 시시껄렁한 잡놈들한테 끌려다니는 건 딱 질색이거든요. 그리고 그런 과거가 있는 것도 별로에요."

알면 알수록 새로운 얼굴을 보여주는 그녀의 모습에 장택근은 자세를 바로 했다. 지금은 아군이지만 언젠가 적이 되었을 때 그녀만큼 무서운 사람도 없을 것이다.

"어때요, 별로 마음에 안 들어요?"

그녀가 다시 느긋한 자세로 돌아가 장택근을 바라보았다. 농염한 미소를 지은 채 한쪽 다리를 꼬는 그녀의 모습이 위험스러운 매력을 풍겨냈다. 푹신푹신한 소파에 반쯤 어깨를 파묻은 그녀가 한쪽 입꼬리를 치켜 올리는데 그 느낌이 꽤나 아찔했다.

"그럴 리가요."

장택근이 고개를 젓고는 그녀를 똑바로 바라보며 마주 미소를 지어주었다. 이를 드러낸 그의 미소 역시 김인숙의 그것과 전혀 다를 바가 없는 종류의 것이었다.

4장

그의 선택

막상 장택근이 작품을 선택하자 그 후로는 일사천리였다. 도대체 어떻게 이야기가 됐는지 하루 만에 K방송국의 제작진과 약속이 잡혔다.

"우리 택근 씨. 그냥 인물이 훤하네. 며칠 쉬고 나니까."

추영훈의 말에 장택근은 인상을 찡그렸다. 이렇게 일이 빨리 진행될 줄 알았으면 잠깐 생각해 본다고 할 것을, 괜히 그 자리에서 바로 골랐다가 휴일만 줄어버렸다. 그런 사정을 뻔히 알 만한 추영훈이 그런 소리를 하니 절로 입이 튀어나왔다.

"표정 관리해, 택근 씨. 사람들이 보잖아."

놀리는데 재미라도 들린 것인지 추영훈의 말투가 얄미웠다. 장택근은 잠시 숨을 길게 내뱉어내고는 표정을 바로 했다.

땡.

엘리베이터가 목적한 층에 도착했다. 마침 복도를 오가던 사람들 중 하나가 장택근을 알아보고는 회의실로 그를 안내했다.

"아이고, 이렇게 실물로 뵈니까 훨씬 훤칠하시네. 처음 뵙겠습니다. 김용우입니다."

황금시간대에 방영되는 드라마의 PD라고 해서 나이 지긋한 경륜 있는 PD일 줄 알았더니, 그를 맞이한 것은 의외로 젊은 모습의 PD였다.

"김 PD님, 제가 '꽃을 든 형사' 애청자였거든요. 역시나 듣던 대로 신수가 훤하십니다."

장택근이 잠시 멍하니 그를 바라보는 사이에 추영훈이 먼저 나서 인사를 받아주며 장택근에게 눈치를 줬다.

"처음 뵙겠습니다, 장택근입니다."

장택근이 뒤늦게 실례를 눈치채고 김용우에게 인사를 하니 그가 자리를 내주었다. 잠시 추영훈과 김용우가 서로 명함을 주고받는 사이에 누군가가 회의실로 들어섰다.

"늦어서 죄송해요. 요즘은 왜 이렇게 시간대를 안 가리고 차가 막히는지."

회의실에 들어선 화사한 느낌의 미녀를 보고 장택근이 눈을 크게 떴다.

"장 PD님. 오랜만이죠? 아니, 이제는 장 배우님이라고 불러야 하나?"

예전에 보았을 때와 마찬가지로 화려한 차림을 한 그녀가 장택근을 보고는 반가운 얼굴로 다가왔다.

"김선영 작가님?"

얼떨떨한 표정을 지우지 못한 채, 장택근이 멍하니 자신을 바라보고만 있자 그녀가 짓궂은 미소를 지었다.

"뭐야, 나는 택근 씨 오는 거 알고 있었는데… 택근 씨는 시나리오 작가가 난지 몰랐어?"

그녀의 말에 곰곰이 생각해 보니 시나리오에 그녀의 이름이 쓰여 있었던 것도 같다. 김인숙과의 대화가 워낙에 강렬하게 머리에 남아 정확하게 기억나는 것은 아니었지만.

"어쨌든 반가워요."

뒤늦게 그녀가 내민 손을 마주 잡은 장택근이 미소를 지어 보였다. 여전히 그녀는 거침이 없고 또 에너지가 넘쳤다. 다만 그 에너지를 자꾸 엄한 것으로 풀려고 해서 문제였지.

"이렇게 만나 뵈니 정말 반갑네요. 거의 2년 만인가요?"

"그때 마지막으로 보고 다시 못 봤으니까, 얼추 2년이 다 되어가네요."

마지막 만남을 언급하며 야릇하게 눈웃음을 치는 그녀의 모습에 장택근이 잠시 헛기침을 하며 시선을 피했다. 그 사이로 불쑥 끼어든 김용우가 말했다.

"뭐야. 김 작가님이 하도 장택근 씨를 추천하길래 난 또 영화 보고 인상 깊어서 그런 줄 알았더니 원래 두 분이 아는 사이였어요?"

그의 말을 들어보니, 아무래도 배우를 선정할 때 그녀가 강력하게 장택근을 추천한 모양이었다. 그녀는 그 정도 영향력이 있었고, 그 영향력을 행사하는 데 주저함이 없는 성격의 여성이었다.

"아이고, 말씀 많이 들었습니다. 우리나라 최고의 작가 김선영 작가님. 우리 택근 씨를 예쁘게 봐주셨다니 정말 감사드립니다."

사람들이 이야기하는 가운데로 끼어든 추영훈이 호들갑을 떨며 말하자 김선영이 묘한 미소를 지었다.

"예쁜 구석이 워낙 많아서 예쁘게 볼 수밖에 없네요. 그러니 그렇게 감사 안 하셔도 됩니다."

그렇게 그녀가 너스레를 떠니 회의실의 분위기가 금세

화기애애해졌다.

"뭐 대충 다들 소개는 끝난 것 같으니 자리에 앉을까요?"

김선영의 도착으로 잠시 소란스러워졌던 자리가 김용우의 한마디에 금세 정리가 되었다.

"그럼 일단 우리랑 작품을 함께해 주셔서 감사드립니다."

김용우의 말에 추영훈이 슬쩍 능글맞은 미소를 지어 보이며 대꾸했다.

"아직 함께한다고는 하지 않았습니다. 워낙에 작품이 좋아서 이야기라도 먼저 나눠보려고 온 거지요."

"좋은 작품인 거 아시니 뭐, 같이해 주신다고 봐야겠군요."

"좋은 작품이라고 꼭 흥행하는 것도 아니고, 배우한테 좋기만 한 것은 아니죠."

"장택근 씨 같은 잠재력 있는 '신인' 배우라면 좋은 경험이 될 겁니다."

"영화에서 이미 연기력이 입증된 만큼 경험이 그렇게 아쉬운 건 아닙니다. 부르는 데가 워낙에 많아서요."

이미 도착하기 전에 추영훈으로부터 언질이 있었던 차다. 몸값을 올리기 위해서라면 조금은 허세를 보여줄 필요가 있다고 하더니 곰 같은 외모의 그가 의외로 능숙하게 김용우를 상대했다.

"끄응."

김용우가 추영훈의 말에 자꾸만 휘말려들자, 이야기가 더 이상 진행이 되지 않았다. 결국 앓는 소리를 낸 김용우가 먼저 항복 선언을 했다.

"저희가 먼저 제시한 조건이 마음에 안 드셨습니까? 사실 그 정도면 저희도 꽤 큰마음 먹은 겁니다."

단도직입적인 그의 말에 추영훈이 고개를 저었다.

"그래도 요즘 한창 뜨고 있는 택근 씨인데 정성우급까지는 아니어도 신준일급까지는 쳐줘야 하지 않겠습니까?"

그의 능글맞은 태도에 김용우가 잠시 고민하는 표정을 짓더니 추영훈을 회의실 밖으로 불러냈다.

아무래도 당사자인 장택근, 그리고 캐스팅 금액과 전혀 상관이 없는 김선영의 앞에서 자세한 이야기를 하기에는 눈치가 보였던 모양이다.

김용우와 추영훈이 그렇게 잠시 회의실을 나서자, 김선영이 고양이 같은 얼굴로 장택근을 빤히 바라보았다. 그 시선이 어찌나 노골적인지 장택근은 괜스레 무안해져 뭐라도 할 말을 찾아야 했다.

"잘 지냈어요?"

결국 꺼낸 말이라는 게 되도 않을 안부 인사라 스스로가 한심할 지경이었지만, 다행스럽게도 그녀는 그의 말에 아무렇지도 않게 대답해 주었다.

"그럼, 잘 지냈지. 밤마다 택근 씨가 그리웠던 거 빼면."

괜히 입을 열었다가 본전도 찾지 못한 그가 끄응 하고 신음 소리를 냈다.

"아무리 정신없어도 그렇지 연락은 좀 하지 그랬어? 그래도 우리가 보통 사이는 아니잖아?"

보통 사이가 아니면 어떤 사이냐는 말이 목 끝까지 차오른 장택근이었지만 꾹 눌러 참았다. 이러니저러니 해도 그녀와 한 번 깊은 관계를 맺었던 것만큼은 사실이었으니 변명의 여지가 없었다.

곤란한 표정으로 시선을 이리저리 피하자 그녀가 장난스러운 미소를 지어보였다.

"킥, 그래도 좀 떴다고 거만 떨면 정떨어질 뻔했는데 자기는 변한 게 하나도 없네."

딱히 대답을 원했다기보다는 그저 그의 난감한 얼굴을 보기 위해 던진 말이었던 모양이다. 한 점 서운함 없는 모습을 한 그녀가 다시 말했다.

"영화 잘 봤어. 자기한테 그런 연기력이 있는지는 꿈에도 몰랐어. 진짜 잘하더라."

자연스럽게 화제를 돌리며 그를 풀어주는 그녀의 모습이 여전히 능숙했다. 마냥 곤란하게만 하면 불편한 관계가 될 뻔했는데 그녀가 아무렇지도 않게 대해주자 장택근은 한결 마음이 편해졌다.

"뭐, 반은 카메라발이에요. 나머지 반은 연출발이고 요."

그의 겸손한 대답에 그녀가 고개를 저었다.

"자기가 말한 두 개 중 단 하나도 없는 배우가 수두룩해. 화면발도 안 받고 감독이 어떻게 해주려고 해도 질 떨어지게 나오는 배우가 한둘인 줄 알아?"

그 말에 장택근이 민망한 얼굴을 해 보이는데 그녀는 계속해서 그의 연기를 칭찬했다. 중간중간 박준규 감독의 세련된 연출을 언급하면서도 그의 연기력을 폄하하지 않는 그녀의 화술에 그도 슬쩍 기분이 좋아졌다.

그렇게 장택근과 김선영이 이야기를 하고 있는데 문이 열리며 김용우와 추영훈이 들어섰다. 어깨에 힘이 잔뜩 들어간 추영훈의 표정을 보면 아무래도 김용우가 많은 부분에서 양보를 한 모양이었다.

"자, 그럼 가장 중요한 이야기도 끝이 났으니까 작품 이야기를 해볼까요?"

추영훈이 손을 싹싹 비벼가며 익살맞게 말하자 김용우가

아무도 모르게 인상을 찌푸렸다가 이내 시나리오를 설명해 주기 시작했다. 이제까지 장택근을 바라보느라 진지한 기색이라고는 터럭만큼도 없었던 김선영도 이때만큼은 진지한 얼굴로 의견을 제시했다.

한참이나 서로 그렇게 이야기를 주고받다 보니 어느 정도 그림이 나왔다. 세부적인 조율은 추영훈의 몫이니만큼 작품에 대한 이야기가 끝이 나자 장택근은 할 일이 없어졌다. 김선영 역시 대충 할 말을 다 했는지 다시 예의 그 아찔한 표정으로 장택근을 지그시 바라보았다.

"으헉."

장택근은 갑작스레 허벅지에 닿는 감촉에 기겁을 했다. 한창 이런저런 촬영 일정에 대한 조율을 하며 열을 올리던 추영훈과 김용우가 그를 바라보았다.

"아니요, 갑자기 재채기가 나오려고 해서."

본인이 말하고도 참으로 궁색하다 느껴지는 변명이었지만 한창 이야기 중이던 그들은 그다지 신경을 쓰지 않는 기색이었다. 다시 그들이 이야기를 시작하자 장택근이 김선영을 바라보며 입을 뻥긋거렸다.

'뭐 하는 거예요.'

용케도 그의 입 모양을 알아들었는지, 그녀가 역시 입 모양으로 대꾸해 왔다.

'왜? 싫어?'

그녀의 노골적인 시선에 그가 진땀을 흘리는데 또다시 그녀의 발이 그의 허벅지를 더듬었다. 신발은 어디 팽개쳤는지 맨발을 한 그녀의 발이 한 마리 뱀처럼 그의 허벅지를 이리저리 어루만졌다.

'하지 마요.'

짐짓 화가 난 눈빛을 보내며 입을 뻥긋거렸지만 그녀는 오히려 더욱 짙은 미소를 지어 보였다.

무슨 이야기를 어떻게 했는지 일 이야기는 어느새 끝내고, 온갖 잡다한 이야기를 나누는 추영훈과 김용우의 모습을 힐끗 바라본 장택근이 더욱더 노골적으로 변하는 그녀의 발놀림에 기겁을 했다.

테이블 아래로 손을 내려서 그녀의 발을 잡으니 갑작스레 김선영이 입을 벌리며 신음을 내뱉었다.

"아!"

왠지 모르게 듣는 사람을 민망하게 만드는 신음이라 장택근이 뜨악한 표정을 지으니 그녀가 한쪽 눈을 찡긋해 보였다.

'만지지 마. 잊었어? 난 발이 성감대야.'

자신이 어떻게 그녀의 입 모양을 다 알아듣는지 신기할 지경이었지만, 점점 더 심해지는 그녀의 장난에 장택근은 정신을 차릴 수가 없었다. 발가락을 펼치며 허벅지를 쓰다 듬나 하면 발가락 사이로 살을 슬쩍 꼬집기도 한다. 발에 쥐가 나지 않을까 걱정이 될 정도로 현란한 움직임이라 장 택근은 슬슬 얼굴이 붉어지기 시작했다.

그녀의 발을 잡아 치우자니 방금 전에 보였던 그녀의 반 응이 신경 쓰여 차마 그녀의 발에 손을 댈 수가 없었다.

슬쩍 의자를 빼며 물러서자 이제는 의자에 반쯤 몸을 파 묻다시피 한 그녀가 더욱더 깊게 발을 뻗어왔다. 자칫했다 가는 곁에 있는 추영훈에게 들킬까 걱정이 될 정도로 거침 없는 그녀의 행동에 그는 결국 다시 테이블에 바짝 붙어 앉 을 수밖에 없었다.

"그래서 택근 씨는 뭐가 좋겠어요?"

한창 김선영의 발장난에 곤욕을 치르고 있는데 김용우가 갑작스레 그에게 말했다. 순간 당황했지만 표정을 가다듬 고 그가 물었다.

"잘 못 들었는데 뭐라고 하셨어요?"

미안한 표정을 하고 묻자 김용우가 미소 띤 얼굴로 말했 다.

"음식 뭐 좋아하냐고요. 일단 옆에 일식 잘하는 데가 있 어서 예약하기는 했는데 일식이 별로면 다른 데로 가고요."

김용우의 말에 아무거나 잘 먹는다 대답해 주니 김용우

의 얼굴에 다행이라는 표정이 떠올랐다.

"아!"

그렇게 그들이 이야기를 하는 사이에 김선영이 갑작스레 커다랗게 신음을 내질렀다. 이번에는 아까와는 달리 그 소리가 꽤나 컸던지라 김용우가 걱정스러운 얼굴로 그녀를 바라보았다.

"아뇨, 아무것도 아니에요."

그녀가 새빨개진 얼굴로 대답을 하고는 장택근을 노려보았다.

'간지럽히는 게 어디 있어!'

입을 삥긋대며 성난 눈빛을 보내는 그녀의 모습에 딴청을 피우던 장택근이 다시 그녀의 발을 잡으려 손을 뻗자 쑥하고 그녀의 발이 사라졌다.

"그럼 조금 이르지만 가서 식사나 하실까요?"

김용우의 말에 사람들이 몸을 일으키는데 장택근만 아직도 의자에서 일어날 생각을 하지를 않았다.

"택근 씨, 가야지."

추영훈의 재촉에 장택근이 곤란한 얼굴로 대답했다.

"잠깐만요. 잠깐 다리가 저려서……."

그렇게 말하고는 다른 사람들이 눈치채지 못하게 김선영을 노려보니 그녀가 혀를 날름거리며 붉은 입술을 핥았다.

"내가 다리 저릴 때 특효법 아는데 가만 있어봐."

눈치도 없는 추영훈이 그를 일으켜 세우려 하자 장택근은 기겁을 했다.

'다리가 저린 건 그 다리가 아니라고!'

차마 꺼내지 못한 말을 속으로 외치며 그는 추영훈의 손길을 필사적으로 버텼다.

＊　　　＊　　　＊

김용우 PD의 극진한 대접을 받고 돌아온 장택근은 머리가 지끈거렸다.

하필 만나도 김선영 작가를 만나다니.

그녀가 성격이 나쁘다거나 까다로운 것은 아니었지만 아무래도 전에 깊은 관계를 맺은 전적이 있었던 만큼 불편한 것이 사실이었다. 이제는 이지원이라는 연인이 있는데 김선영의 추파는 끊이지를 않았으니 앞으로의 고된 미래가 눈에 선히 보였다.

게다가 연인이 누구인지 밝힐 수는 없었지만 그가 사랑하는 사람이 있다고 밝혀도 그녀는 꿈쩍도 하지 않았다. 그녀는 황당하게도 '그게 왜? 그게 뭐 어때서?' 라고 말하며 장난을 멈추지 않았다.

사랑하는 사람이 있다는 자신의 말을 믿지 않는다거나 그도 아니면 그런 것 따위는 개의치 않는 모양이었다. 지금까지 겪어본 그녀의 성격을 보아 아무래도 후자에 가까웠겠지만.

잠깐 사이에 급격하게 피로해진 장택근은 그대로 침대에 누웠다.

다음 날, 자리에서 일어나기 무섭게 추영훈을 통해 김인숙의 주문 사항이 전달되었다.

"일단 가장 중요한 건 연기력이야. 장필수 역할이 워낙에 대박이 나기는 했지만 언제까지 그 이미지로 먹고살 것도 아니고… 이제는 정말 배우 장택근을 보여줘야지."

기복을 보이는 연기력을 보강하고, 체력을 충전하며 몸을 만들어 둔다. 간단하다면 간단한 주문 사항이었지만 장택근은 곧장 준비를 하기 시작했다.

김인숙이 특별히 소개시켜 준 연기 강사를 통해 발성을 가다듬고 표정 연기를 연습했다. 이지원의 주옥같았던 수업과는 조금 다르게 밋밋한 수업이었지만, 오히려 기본적인 부분에 초점을 맞춘 수업은 그의 기본기를 착실하게 다져 주었다. 그렇게 하루 네 시간 이상의 하드 트레이닝을 받다 보니 도살자의 장필수 역에만 초점이 맞춰져 있던 그의 기형적인 연기력이 서서히 균형을 찾기 시작했다.

"스타일링도 중요해. 어떤 배역을 맡든지 간에 배역의 이미지를 만드는 건 본인이야. 제작진이야 막연하게 콘셉트만 잡아 이렇다 저렇다 말하면 끝이지만, 배우 입장에서는 직접 자기가 어떤 콘셉트로 스타일링을 할지 세세하게 정해야 돼."

그렇게 말한 추영훈의 곁에는 처음 보는 여인이 있었다. 수줍은 얼굴이 잘 어울리는 그 아가씨는 스스로를 스타일리스트 성민경이라 소개했다.

"민경 씨가 앞으로 택근 씨 스타일을 책임질 거야. 머리하는 것부터 시작해서 옷 입는 것까지 세세한 부분까지 전부 챙겨줄 거야."

뭔가 생각보다 본격적인 느낌이라 장택근은 조금은 마음이 들떴다. 이지원의 밴을 얻어 타고 다니던 도살자의 촬영 때와는 다르게 무언가 자신만을 위한 팀이 꾸려지고 있다는 기분이 들었던 탓이다. 자신의 전용 밴에 전속 스타일리스트까지, 이것만 보면 벌써 자신이 스타라도 된 기분이었다.

그렇게 상념에 빠져 있는 사이에 성민경은 그를 이리 보고 저리 뜯어보더니 준비해 온 의상 몇 개를 추려내기 시작했다.

"어때요? 야성미는 그대론데 또 어떻게 보면 부드러운

느낌이죠?"

그녀가 건네준 의상을 입어본 장택근은 거울을 보며 감탄하고 말았다. 그간 이지원과 진재영의 도움을 받아 나름부끄럽지 않게 자신을 꾸몄다고 생각했던 스스로였지만 확실히 전문가의 손길을 받자 차이가 확 났다.

"머리도 조금 다듬어야겠어요."

수줍었던 첫인상과는 달리 그녀는 막상 스타일링을 시작하자 거침이 없었다. 어찌나 일을 시원시원하게 하는지 정신을 차리고 보니 장택근은 미용실의 의자에 앉아 있었다.

"지금 전체적으로 좀 둔탁하니까 아웃사이드 라인을 깔끔하게 정리해 주시고요, 네이프도 최대한 깔끔하게 해주세요."

"아, 어떤 느낌인지 알겠네요. 일단 커팅 들어갈 테니까 보고 아니면 말해주세요."

그의 머리를 이리저리 만져대며 미용사에게 주문을 하는데 그는 도대체 무슨 말인지 알 수가 없었다.

반대로 미용사는 고개를 끄덕이며 대번에 알았다고 하는걸 보니, 그녀들의 세계에서만 통하는 언어인 모양이었다.

"아뇨. 조금 더 차가운 느낌으로 가야 해요. 무슨 말인지 아시겠죠? 여지가 없어야 한다고요."

추상적인 그녀의 말을 잘도 알아들었는지 미용사의 가위가 신들린 것처럼 움직였다. 커트라고 해봐야 불과 2~30분

걸리는 게 고작이었던 장택근에게 남자 머리를 두 시간 이상 자른다는 것은 신대륙 발견과 다르지 않은 충격이었다.

가위는 또 어찌나 종류가 다양한지, 거울로 보이는 그 현란한 가위질에 눈이 어지러울 지경이었다. 한참 만에 겨우 가위를 집어넣기에 이제 겨우 끝났나 했더니, 샴푸를 하고 또 이런저런 제품을 꺼내 들고는 그의 머리를 한참이나 주물러댔다.

"이제 다 끝났어요."

지겹다는 내심이 표정으로 드러났는지 미용사가 작게 웃으며 말했다. 하지만 장택근은 그녀의 말과는 다르게 한참이나 더 시간이 지나고 나서야 해방될 수 있었다.

"잘 나왔네요. 포마드한 느낌이 잘 살았어요."

거울 앞에 서서 어색한 얼굴로 자신의 새롭게 바뀐 헤어스타일을 보는데 성민경이 슬쩍 그의 옷매무새를 만져 주며 말했다.

"아직은 어색할 거예요. 우리나라 남성들 중에 이런 머리를 자기 손으로 해본 사람은 없을 테니까요."

그녀의 말마따나 부담스러울 정도로 깔끔하게 빗어 넘긴 머리에 헤어 제품을 발라 마무리를 한 머리는 좀처럼 보기 힘든 스타일이었다. 뭔가 복고적인 향수가 나는 것 같으면서도 현대적인 세련미가 느껴지는 것이 패션을 잘 모르는 그의 눈에도 제법 스타일이 잘 나온 듯했다.

"일단 택근 씨는 피부가 깨끗하고 몸이 마른 듯이 다부져서 기본적으로 옷발을 잘 받아요. 얼굴도 선이 날렵한 편이라 헤어스타일을 잡는 데 부담도 없고요."

그녀의 말을 들으며 장택근은 거울을 바라보았다. 눈앞에 놓인 전신 거울에 비친 사내는 머리에서 발끝까지 깔끔하게 정리가 되어 있었다.

"일단 슈트 색은 기본적으로 블랙으로 갈 거예요. 아무래도 택근 씨가 맡은 역할에 맞추려면 다른 것보다는 냉철한 이미지로 가야 하지 않겠어요?"

이미 다른 사람으로부터 장택근의 배역에 대한 이야기를 들었는지 의상을 선택하고 머리를 하기까지 그녀의 행동에 한 점의 망설임도 없었다.

"생각보다 괜찮은 것 같은데요."

머리를 자르며 조금은 지저분하게 나 있던 수염까지 정리했던 터라, 말끔해진 턱을 쓰다듬으며 장택근이 감탄했다.

"제가 원하던 스타일이 이거예요."

거울에 비친 모습이 그가 시나리오를 맡으며 가장 먼저 떠올렸던 모습과 크게 다르지 않았던 탓이었다.

"택근 씨는 모르겠지만, 민경 씨는 이 바닥에서 꽤 유명한 사람이야. 어지간한 스타들 중에서 그녀 손 한 번 안 타본 사람이 없어."

언제 나타났는지 추영훈이 커피를 건네주며 말했다.

"네, 그럴 것 같아요. 뭔가 첫인상하고 되게 다르시네요."

일하는 동안은 그렇게나 거침없던 그녀가 정작 일이 끝나고 나자 원래의 수줍은 모습으로 돌아와 얼굴을 붉혔다.

"저게 매력이라니까, 저 이중적인 매력. 캬! 혹시 갭 모에라고 들어봤나 모르겠어?"

추영훈의 말에 장택근이 고개를 절레절레 흔들다가 장난스럽게 그의 귀에 속삭였다.

"형. 민경 씨한테 관심 있는 거 아네요?"

그렇게 말하고 그를 가만히 살펴보니 덤덤하려는 표정 뒤로 당황한 기색이 역력했다.

"아니야! 택근 씨 엄한 소리 하지 말고 밥이나 먹으러 가자."

귀까지 빨갛게 변해놓고는 자기 딴에는 태연한 척하는 그의 모습이 우스워 장택근은 미소를 짓고 그를 따라갔다.

"민경 씨도 같이 가시죠!"

우물쭈물하는 그녀를 장택근이 잡아끌고 가니, 그녀가 추영훈보다 몇 배는 빨개진 얼굴로 그를 따라왔다.

그렇게 사무실을 나서는데 마침 외출했다 돌아오던 김인숙 이사와 마주쳤다.

"오! 택근 씨. 몰라보겠네요."

잠시 걸음을 멈추고 그의 위아래를 샅샅이 훑어본 그녀가 만족스러운 미소를 지었다.

"좋네, 배역하고도 아주 잘 맞고. 당분간은 그 모습이 익숙해지도록 그렇게 하고 다녀요. 민경 씨, 고생스럽더라도 부탁할게."

그렇게 말하고는 곧바로 사라지는 그녀의 모습이 어딘지 모르게 바빠 보여 장택근은 고개를 갸웃거렸다. 늘 여유로운 모습이 그녀의 매력이었는데 오늘은 어쩐지 조금 쫓기는 느낌이랄까.

하지만 그가 신경 쓸 일도 아닌지라 장택근은 곧 그녀에 대한 생각을 접고 추영훈을 따라 사무실을 나섰다.

"음, 조금 부담스럽긴 한데요."

"아니요, 절대요. 잘 어울려요. 그러니 그렇게 위축된 얼굴 할 필요 없어요."

길에 나서자마자 사람들의 시선이 대번에 몰려들자 장택근이 난감한 얼굴로 말했다. 다시 또 수줍음을 저 멀리 던져 버린 성민경이 단번에 그의 말을 잘라내고는 단호한 얼굴로 그의 어깨를 펴주었다.

"어색하지도 않고 부담스럽지도 않아요. 그러니 편하게 마음 가지세요."

그녀의 말에 장택근이 애써 어깨를 펴고 표정을 가다듬었다. 하지만 스튜디오에 들어설 때와는 달리 일상생활에서까지 이런 복장을 하고 있는 스스로의 모습을 누군가는 꼴불견으로 보지 않을까 염려가 되었다.

그래서 이런 모습에 익숙해지라는 거였던가.

김인숙의 말이 떠오른 장택근이 길게 한숨을 내뱉고는 자세를 가다듬었다. 쳐져 있던 어깨가 단번에 올라오고 조금은 힘없던 걸음걸이에 금세 힘이 실렸다. 그의 변화를 눈앞에서 전부 지켜본 성민경과 추영훈이 조금은 감탄하는 얼굴이 되었다.

스타일도 스타일이지만 금세 분위기를 바꾸는 모습이 천생 배우의 모습이다. 이러니 김인숙 이사가 그렇게도 끼고 도는 것이리라.

공통된 생각을 떠올린 그들이 잠시 서로 눈빛을 마주하고는 피식 웃었다.

"세상 참 불공평하죠?"

"가끔 가다가 좀 타고난 분들이 있기는 하더라고요."

푸념 섞인 말을 그렇게 주고받는데 저 멀리서 장택근이 빨리 오라며 손짓을 했다.

*　　　*　　　*

드라마 제작진과의 미팅은 한 번으로 끝나지 않았다. 몇 번인가 더 미팅을 가지며 세부적인 극의 흐름이나 배역에 대한 제안 등을 서로 주고받다 보니 며칠에 한 번 마주치는 게 일이 되었다.

자연스럽게 김선영과의 만남도 이어졌다.

"스타일은 딱 내가 생각한 차승훈 느낌이네요. 스타일리스트가 일을 잘하네 아주."

전체적으로 스타일을 바꾼 그를 본 김선영은 굉장히 흡족한 얼굴이었다. 아무래도 작가의 입장에서 가장 기분이 좋은 것은 자신의 시나리오가 생명력을 갖고 움직이는 것일 테니, 머릿속에 있던 캐릭터와 흡사한 모습을 보이는 장택근의 모습에 기분이 좋아진 모양이었다.

"그치? 그치? 나도 장 배우 처음 보는 순간, 딱 차승훈이 떠올랐다니까. 따로 콘셉트 수정할 필요도 없이 그대로 가면 될 것 같아."

김용우 PD가 필요 이상으로 호들갑을 떨며 김선영을 거들었다.

K방송국에서도 그렇더니 역시나 김선영은 이곳에서도 꽤나 대접을 받는 모양이다. 스타 작가의 대우가 어디 가겠냐마는 한결같이 그 호의를 당연하게 받아들이는 그녀의

모습이 너무도 당당해 장택근은 작게 감탄했다.

"어쨌든 남자 주인공도 캐스팅이 끝났으니 이제 시나리오만 잘 나오면 되는데 말이야."

김용우의 말에 작업을 서두르자는 뉘앙스가 역력해 김선영이 피식 웃었다.

"조금만 기다리세요. 그렇게 보채지 않아도 며칠 내로 1화, 2화 대본 한꺼번에 가져올 테니."

그녀의 말에 김용우가 세상을 다 얻은 듯한 얼굴로 웃었다.

"아이고, 역시 우리 김 작가님밖에 없다니까요. 이번 주에만 나오면 그래도 너무 촉박하지 않게 촬영 시작할 수 있지 않겠어요?"

김용우의 말에 그녀가 걱정 말라며 다시 한 번 확답을 해주었다. 한참 그들이 하는 양을 보고 있던 장택근은 문득 궁금해졌다.

"그런데 여주인공은 누굽니까?"

이제까지 정신이 없어서 관심을 두지 않았는데 새삼 여주인공의 역할을 누가 맡았는지 궁금해졌다. 그의 질문에 김용우가 어깨를 펴고는 조금 거들먹거리는 얼굴로 대답했다.

"들으면 놀라실 텐데요. 궁금하시죠?"

첫 만남과는 다르게 꽤나 장난기 다분하고 가벼운 모습의 그인지라 장택근이 내심 적응이 되지 않아 쓴웃음을 지었다.

"네, 누군데요? 회사에서도 말을 아직 안 해줘서."

그의 말에 김용우가 마치 대단한 비밀이라도 말하는 것처럼 목소리를 낮추고는 말했다.

"이게 어떻게 보면 또 마케팅거리라서요. 혹시 한참 매스컴이 시끄럽게 떠들어대던 Y양이라고 아세요?"

김용우의 뜬금없는 말에 장택근이 눈을 크게 떴다.

"그 Y양이 여주인공입니다."

*   *   *

당연하게도 그 Y양이라는 여배우는 윤신애였다. 자살 미수 사건으로 한참이나 그 이름이 매스컴에 오르락내리락하던 그녀였으니만큼 장택근은 다른 Y양이라는 존재가 따로 떠오르지 않았다. 그사이에 다른 여배우가 이슈화된 경우도 없었으니 아마도 틀림없을 것이다.

"Y양이 누군지 궁금하시죠? 그죠?"

김용우의 호들갑에 장택근이 대충 장단을 맞춰주니 김용우가 제 딴에는 비밀이랍시고 낮은 음성으로 여배우의 이름을 알려주었다.

역시나 그의 예상대로 상대역은 윤신애였다. 지난 자살

미수 사건으로 한동안 외부 활동을 접었던 그녀가 이번 드라마를 통해 다시 재기한다는 것이다.

생각보다 빠른 재기에 장택근은 조금 놀라고 말았다. 다른 사건도 아니라 스스로 목숨을 끊으려 했던 그녀인데 이렇게 쉽게 대중들이 그녀를 받아들일 수 있을까 의아스러울 정도로 그녀의 재기와 차기작의 결정은 빨랐다.

"아, 걱정 마십시오. 저희도 다 생각이 있어서 결정한 거니까요."

그의 표정을 보고 장택근이 윤신애의 캐스팅을 탐탁지 않아 한다고 생각한 모양이다. 김용우가 서둘러 그에게 변명을 늘어놓았다.

"원래 윤신애 씨는 가녀리고 청초한 분위기, 남자들로 하여금 보호해 주고 싶은 본능을 불러일으키는 마스크였지요. 그게 또 윤신애 씨의 인기 비결이었고. 다른 건 몰라도 그런 그녀가 연예계 생활이 힘들어 모진 결정을 했었지만 다시 힘들게 대중의 앞에 서기로 했다. 그리고 그 드라마가 우리 드라마다, 하면 사람들에게 꽤나 이슈가 되겠지요?"

과연 그런 얄팍한 계산이 있었던가.

장택근은 김용우의 말에 저도 모르게 쓴웃음을 지었다. 타인의 가장 후회되는 순간마저도 이용하는 이 바닥의 생리가 다시금 떠오른 탓이었다. 이미 알고 있었지만 그 대상이 윤신애라는 사실에 씁쓸함이 더 컸던 그가 저도 모르게 굳은 얼굴을 해보였다.

"어차피 실제로 그녀가 입은 이미지의 타격은 별로 없다는 겁니다. 오히려 방송을 통해 보여주었던 그 가녀리고 청초한 이미지가 사실로 드러났으면 드러났겠죠. 그리고 마침 배역도 딱 청초하고 순수한 여인이니 딱 맞습니다. 절대 허투루 내린 결정이 아니라고요."

그의 속도 모르고 김용우가 입을 놀려댔다. 내버려 두었다가는 자신의 탁월한 선견지명마저 자화자찬할 기세라 장택근이 툭하고 그의 말을 끊었다.

"윤신애 씨도 동의했습니까?"

드라마의 홍보에 그녀를 꽤나 팔아댈 것 같아 그렇게 물어보니 김용우가 고개를 끄덕였다.

"네, 그녀 측에서도 흔쾌히 수락했습니다. 오히려 최대한 이슈가 될 수 있도록 자신들도 돕겠다고 하던걸요."

그의 음색에 담긴 미약한 비난을 눈치챘는지 김용우가 정색을 하고 변명했다. 그 말에 장택근은 다시 한 번 한숨을 길게 내뱉었다.

과연 이게 그녀의 결정일까.

일전에 그녀의 매니저라는 작자와 마주쳤을 때부터 느껴왔던 건데 그녀의 기획사는 꽤나 그녀를 가혹하게 대하는 듯했다. 가장 지근거리에서 배우를 챙겨야 할 매니저부터가 그런 분위기를 풍길 정도면 다른 사람들은 보지 않아도 알 만했다.

복잡한 심경 속에서 대충 이야기를 흘려듣다 보니, 미팅을 마무리할 시간이 되었다. 다음 미팅은 섭외된 배우들이 모여 간단한 대본 리딩을 하는 것으로 대신하게 될 것이라는 이야기를 들으며 장택근은 회의실을 나섰다.

"택근 씨 왜 저래? 윤신애 씨가 그렇게 마음에 안 드나?"

한창 잘나가는 배우답지 않게 꽤나 공손하던 장택근이 보인 태도치고는 마지막 태도가 석연치 않아 김용우가 그렇게 말하니 김선영이 고개를 절레절레 저었다.

"진짜 자신 있는데. 윤신애 씨는 우리 드라마에 득이 되면 득이 됐지, 절대 해는 되지 않는다고 내가 장담할 수 있……."

"어휴, 김 PD님 그렇게 눈치가 없으세요? 눈치가 없으시면 귀라도 밝으셔야지."

결국 참다못한 김선영이 한마디를 해주니 김용우가 영문을 모르겠다는 표정을 지어 보였다.

"택근 씨랑 윤신애 씨랑 엄청 친하다고요. 전에 아마존에서 조난당했을 때도, 장택근 씨, 윤신애 씨, 그리고 이지원 씨에 다른 여자분 한 분이 따로 모여 있었다고 하더만."

그제야 장택근의 꺼림칙한 태도를 이해한 김용우가 낭패

스러운 표정을 지어 보였다. 그런 줄도 모르고 자신은 장택근이 윤신애의 캐스팅을 탐탁지 않아한다고 생각하고 한참이나 입을 놀려댔으니 듣는 장택근의 입장에서 얼마나 자신이 속물로 보였을까.

"그런 게 있으면 진즉에 말을 좀 해주시지."

"그걸 왜 나한테 뭐라 그래요! 김 PD님이 당연히 알고 있는 줄 알았지."

애꿎은 김선영에게 하소연을 했다가 본전도 찾지 못한 김용우가 울상을 지었다.

*　　　*　　　*

―놀랐어?

방송국을 빠져나온 장택근은 바로 윤신애에게 전화를 걸었다. 이미 장택근과 김용우 PD가 미팅을 했다는 사실을 들었는지, 그녀가 대뜸 말하는 게 자신의 캐스팅 사실을 일부러 숨긴 모양이었다.

"인마! 일찍 좀 이야기 해주지. 갑자기 결정된 것도 아닐 거 아냐!"

괜히 놀림이라도 받은 기분이라 장택근이 그렇게 말하니, 윤신애가 전화기 너머에서 작게 웃는 소리가 들렸다.

―내가 그래서 조만간 다시 볼 거라고 했잖아.

그녀의 천연덕스러운 대꾸에 장택근은 앓는 소리를 내뱉었다. 이렇게 보니 놀래주려고 작정이라도 한 모양인데 이제 와서 자신이 열을 내봤자 소용이 없다는 사실을 깨달았던 탓이다. 게다가 사실 따지고 보면 화를 낼 일도 아니라 장택근이 숨을 길게 내쉬고는 그녀에게 물었다.

"근데 괜찮겠어?"

방금 전과는 다르게 그의 음성에 염려가 가득했다. 잠시 휴대폰 너머에서 말이 없던 그녀가 한참 만에 대답했다.

―어차피 재기야 결정된 거고, 결정했으면 빠르게 움직여야지. 불러주는 데 있을 때 재기해야지 조금이라도 덜 아쉽지.

아마존에서 보았을 때까지만 해도 신인 배우다운 풋풋함이 가득 묻어나던 그녀가 벌써 이런 소리를 할 정도로 세상에 깎이고 닳아버렸다. 왠지 모르게 마음이 무거워진 장택근이 염려의 말을 했지만 그녀는 의연하게 그의 말을 받아주었다.

―됐어. 그리고 기왕 하는 거면 오빠랑 같이 하고 싶어. 그래야 힘들면 기댈 구석이라도 있지.

"마! 쓸데없는 소리 하지 말고."

괜히 무안해진 장택근이 버럭 화를 내니 뭐가 그리 좋은

지 전화기 너머에서 까르르거리는 웃음소리가 들려왔다.

"하여간 알았으니까 쉬어. 다음에 보면 혼날 줄 알아."

그렇게 으름장을 놓아봐야 듣는 윤신애는 여전히 웃음기를 거두지 않았다.

─어차피 오빠 바쁘잖아. 대본 리딩 때나 보겠구먼 뭘.

그녀의 상태가 자신의 우려와는 달리 양호하다는 사실을 확인한 것을 위안 삼아 장택근은 통화를 마쳤다.

"형. 형은 이 바닥에서 꽤 오래 있었죠?"

휴대폰을 품에 넣은 장택근이 한창 스피드를 즐기고 있던 추영훈에게 물었다.

"그렇지. 어디 보자, 군대 다녀오자마자 바로 이 바닥에 뛰어들어서, 다른 곳에서 한 4년 있었고 또 김 이사님 밑에서 한 5년 있었으니까 9년은 있었지? 왜?"

추영훈의 대답에 장택근이 운전석의 의자에 바짝 붙었다.

"그래요? 그럼 어지간한 회사는 다 알겠네?"

"그럼 인마. 새끼 매니저로 시작해서 온갖 진상들 다 만나고 다니고, 발로 뛰는 게 내 일이었는데 어지간한 회사는 다 알지."

그 대답이 흡족했는지 장택근이 만족스러운 얼굴로 다시 말을 이어갔다.

"그럼 혹시 신애네 회사가 어떤지 알아요?"

"윤신애 씨 회사면, E&G잖아. 근데 거기는 또 갑자기 왜?"

추영훈이 룸미러를 통해 장택근의 표정을 살펴보았다.

"아니, 그게 저번에 신애네 매니저라는 사람을 봤는데 별로 인상이 좋지 않더라고. 이번 재기 건도 그렇고, 그냥 좀 걱정이 돼서."

윤신애와 장택근의 관계는 물론 이지원과의 관계까지 알고 있는 추영훈이다. 단번에 그의 생각을 알아차리고는 그가 잠시 대답할 말을 골랐다.

"일단 자금도 탄탄하고 영업력도 좀 있는 회사야. 사실 배우 쪽은 그냥 덤으로 하는 느낌인데 워낙에 다른 쪽 소속 연예인들이 잘나가니까, 배우들도 같이 꿀 빨지."

일단 일전에 윤신애에게 들었던 이야기와 크게 다르지 않아 장택근은 추영훈의 다음 말을 기다렸다.

"일단 뭐 배우들 하나하나를 그렇게 챙겨주는 그런 가족 같은 분위기는 아니야. 애초에 시작이 음반 기획사로 시작한 회사기도 하고 예전부터 연습생이니 뭐니 들락날락하는 인원이 좀 많았거든."

장택근은 계속해서 그의 말에 귀를 기울였지만 우려와는 다르게 크게 악평이 있다거나 하진 않은 모양이었다.

"조금 빡세게 소속 연예인들 굴리기로 유명하긴 한데 택근 씨가 생각하는 것처럼 양아치 같은 회사는 아니야. 그냥 좀 보수적이고 분위기가 경직된 그런 회사라고 할까?"

설명을 다 들었음에도 왠지 느낌이 석연치 않아 그가 인상을 찌푸리고 있자 추영훈이 말을 보탰다.

"어떻게 보면 이번 드라마 촬영 결정이 윤신애 씨한테는 더 나을지도 몰라. 지난 기사 때 동정론이 좀 강했거든. 워낙에 연약한 이미지가 강했기도 했고 여러모로 상황은 나쁘지 않아. 본인만 견딜 수 있으면 대중들의 관심에서 멀어지기 전에 재기하는 게 맞아. 그러니까 쓸데없는 걱정하지 마."

"그건 아는데 애가 워낙에 약골이라서."

그의 부연 설명에 장택근이 여전히 걱정된다는 투로 이야기하자 그가 다시 대꾸했다.

"가만 보면 택근 씨도 참 순진한 소리 할 때 있어. 어떨 때 보면 닳고 닳은 느낌인데 또 이럴 때 보면 바보 같아 보이기까지 한다니까."

뜬금없는 그의 핀잔에 장택근이 인상을 쓰자 그가 룸미러로 그를 힐끔거렸다.

"이 바닥에서 그 정도까지 올라갔었으면 그냥 실력하고 운만으로는 안 되거든? 독기가 없고서야 사람들한테 치이고 스케줄에 치여서 징징대다가 나가떨어지는 게 이 바닥이야. 택근 씨가 윤신애 씨를 어떤 눈으로 보는지는 알겠는데 너무 그렇게 과잉보호하지 않아도 돼."

이지원도 일전에 비슷한 이야기를 했던 적이 있었던지라 장택근은 저도 모르게 고개를 끄덕여 주었다.

굳이 다른 사람의 말이 아니더라도 이 바닥이 깡과 근성 없이는 성공할 수 없는 바닥이라는 것 정도는 알고 있었다.

그럼에도 불구하고 이런 이야기를 하는 것은 왠지 모르게 자꾸만 불길한 예감이 들었던 탓이다.

지난번 그녀가 벼랑 끝에 서 있는 것도 모르고, 매몰차게 내쳤던 적이 있었다.

그 당시의 일이 죄책감으로 남아 추영훈의 말대로 과잉보호를 하게 만드는 건지, 그도 아니면 단순한 기분 탓일지 알 수 없었지만 마음 한구석에 커다란 돌덩이가 내려앉은 듯한 느낌은 가시지 않았다.

"그건 그렇고 택근 씨 지원 씨한테 혼나는 거 아냐? 이번 시나리오 보니까 로맨스가 좀 찐하던데 키스 신도 있지 않겠어? 아무리 지원 씨가 타고난 배우라고 해도 좀 그럴 것 같은데? 다 같이 친한 모양인데 괜히 족보 꼬이는 거 아냐?"

추영훈의 말에 장택근이 입을 쩍 벌렸다.

윤신애의 상태를 걱정하다 보니 정작 중요한 사실을 잊고 있었다. 그의 말마따나 요즘 어지간해서는 남녀 주인공들의 키스 신 한 번 나오지 않는 드라마가 없었다. 그런데 하필 그 키스 신의 상대역이 윤신애라니, 눈앞이 깜깜해졌다.

"택근 씨는 이제 큰일 났네. 여동생처럼 생각하는 윤신애 씨랑 그렇고 그런 장면 찍고, 지원 씨한테 혼나겠네. 지원 씨 성격 보통이 아니던데 말이야."

깐죽거리는 말투가 그렇게 얄미울 수가 없었다. 인상을 있는 대로 찡그린 장택근이 그의 말에 신경질을 냈다.

"형, 왜 이렇게 빨리 가요! 급한 일 있는 것도 아닌데 이러다 사고 나면 어떻게 하려고요!"

신경질이 가득한 음성이었지만 추영훈은 들은 척도 하지 않고 액셀을 밟아댔다.

"나보러 추마허라며. 아직도 나는 최대 속도를 내지 않았어."

유치한 대사를 읊으며 장택근을 다시 한 번 놀려준 추영훈이 콧노래를 부르며 도심의 복잡한 도로를 헤쳐 나갔다.

5장

체크메이트

"후우……."

굳게 닫힌 대회의실의 문을 바라보며 장택근은 심호흡을
했다. 이제 저 문을 열고 들어서면 본격적인 드라마의 촬영
이 시작되는 것이다.

다시 한 번 숨을 길게 들이마시고 내뱉은 장택근이 힘차
게 대회의실의 문을 열었다.

"안녕하십니까! 신인 배우 장택근입니다!"

문을 열기가 무섭게 고개를 꾸벅 숙이고는 힘차게 인사
를 했다. 그러자 회의실의 사각 테이블에 둘러앉아 대본을

살피거나 서로 담소를 나누고 있던 연기자들이 그를 보며 눈을 동그랗게 떴다.

"이번에 차승훈 역을 맡았습니다! 잘 부탁드리겠습니다!"

도대체 어디서 나타난 꼴뚜기 같은 놈인가, 하는 표정으로 그를 바라보던 사람들이 뒤늦게 아 하는 소리를 내며 고개를 끄덕였다.

장택근은 그중에서 가장 나이가 지긋해 보이는 연기자, 김영천에게 다가가 고개를 숙였다. 예순을 넘긴 나이에도 건장한 체구로 제법 위압감을 보이는 그는 드라마 판에서 사십 년에 가깝게 구른 베테랑 중의 베테랑이었다.

암흑가의 보스나 정부의 거물 따위를 도맡아 오던 그는 이번 드라마에서 연기자로서 가장 선배이자 연장자였다.

"잘 부탁드리겠습니다, 선생님."

고개를 숙이며 공손하게 인사를 하니 김영천이 특유의 무심한 눈동자로 그를 한참이나 바라보다가 손을 툭 내밀었다.

"자네가 그 도살자란 영화에서 장필수를 했던 친구지? 실제로 보니까 살인마는커녕 어디서 모델이 왔나 했구면."

장택근이 민망하다는 얼굴로 공손하게 양손을 내밀어 그

가 내민 손을 마주 잡았다.

"이 친구가 내가 말했던 그 친구야. 자기는 공포 영화 싫다고 안 봐서 모르겠지만 아주 기대되는 신인이야."

무표정한 얼굴에 조금 위압적으로 보였던 김영천이 첫인상과는 달리 제법 살갑게 장택근을 대해주었다. 조금은 무심하게 또는 의식적으로 장택근을 외면하고 있던 연기자들이 그의 말을 허투루 듣지 못하고 허리를 쭉 빼며 엉거주춤하게 그의 인사를 받았다.

"잘 부탁드립니다."

무한 버퍼링에 걸린 조잡스러운 음원처럼 장택근은 끊임없이 잘 부탁드린다는 말을 반복했다.

그렇게 한참을 연기자들에게 인사하고 있는데 속속들이 여배우들이 도착했다. 가장 먼저 도착한 것은 흰색 원피스를 곱게 빼입은 윤신애였다. 언제나처럼 청초한 얼굴을 한 그녀가 회의실에 들어서니 남자 연기자들이 반색을 했다.

"신애 씨 왔어? 어휴. 얘기는 들었어. 얼굴이 아주 반쪽이 됐네."

"괜찮아? 얼른 앉아."

나이 고하를 떠나 매력적인 여성을 대하는 남자들의 태도는 크게 다르지 않았다. 김영천만이 예의 그 거물 같은 표정으로 윤신애의 어깨를 한 번 두들겨주며 무심한 듯 아닌 듯 격려의 말을 건넸을 뿐, 다른 이들은 하나같이 호들 갑을 떨었다.

"걱정해 주신 덕분에 이제 괜찮습니다. 물의를 일으켜서 죄송합니다."

윤신애가 곱게 가슴에 손을 얹고 허리를 숙여 보이니 사람들이 괜찮다며 난리를 쳤다.

이미 추영훈으로부터 그녀가 과할 정도로 남자 연기자들에게 이쁨을 받는다는 이야기는 들었던 장택근이었지만 그정도가 생각 이상이었던지라 어안이 벙벙했다.

"안녕하세요."

선배 연기자들에게 인사를 끝낸 윤신애가 장택근에게 다가와 인사를 하는데 아무래도 다른 사람들의 시선이 신경쓰이는지 되도 않을 존댓말을 했다.

"네, 안녕하세요."

얼떨결에 그녀를 따라 고개를 숙여 보인 장택근이 허리를 펴고 나니, 윤신애가 그에게만 보이는 미소를 지어주었다. 꼭 그 모습이 한 떨기 백합과도 같아 장택근은 눈을 동그랗게 떴다.

이지원에게 익숙해졌던 터라 어지간한 여자들은 여자가 아닌 오징어로 보일 지경이었는데 윤신애가 예쁘긴 예쁜 모양이다. 그러니 남자 연기자들이 저리 호들갑을 떨며 윤신애를 챙겨주지 못해 안달이지.

윤신애가 사람들과 인사를 나누는 사이에 또 다른 여자 연기자들이 우르르 들어섰다. 수수하게 차려입은 그녀와는 다르게 제법 멋을 낸 여자 연기자들은 회의실에 들어서기가 무섭게 호들갑을 떨었다.

"어머나, 선생님 일찍 오셨네요. 제가 오다가 선생님 좋아하시는 오렌지 주스 사왔어요."

웨이브가 굵게 진 화려한 머릿결을 한 연기자가 김영천에게 살갑게 인사를 하니, 김영천이 초지일관 무표정한 얼굴로 그녀들의 인사를 받아주었다.

무안할 만도 하건만 이미 김영천의 저런 성격이 익숙한 모양인지 그녀들은 끊임없이 그의 주변을 맴돌며 수다를 떨었다.

"저번 드라마도 대박 나셨던데요. 선생님만 출연하셨다 하면 그 드라마는 꼭 대박 나나 봐요."

아부성이 짙은 말이었지만 말투가 워낙 세련되어 듣는 사람이 불편하지 않았다. 다른 여자 연기자들 또한 대동소이한 말투로 김영천에게 아양을 떨었다.

"어, 그래. 고마워."

그에 반해 김영천은 투박하다 싶을 정도로 짧게 대답했다. 장택근은 김영천을 오늘 처음 보았지만 단번에 그의 성격을 파악할 수 있었다. 이 세계는 저렇게까지 성격이 보이는 경우도 드문 바닥이라 장택근은 꽤나 신선함을 느꼈다.

연기자들이 서로 인사를 나누거나 대본을 훑어보며 있는데 김용우 PD와 김선영 작가가 회의실에 들어섰다.

들어서기가 무섭게 김영천에게 다가가 종갓집 어르신이라도 대하는 태도로 인사를 한 김용우 PD가 사람들에게 한 명 한 명 다가가 인사를 했다.

"도살자 며칠 전에 500만 돌파했던데요? 영화가 너무 오래 버티면 우리 드라마에 지장 있는데… 택근 씨는 이제 장필수가 아니라 차승훈이잖아요."

농담인지 진담인지 아리송한 그의 말에 곁에 있던 김선영이 핀잔을 주었다.

"김 PD님 그게 배우한테 할 소리예요. 배우가 잘되야 우리 드라마도 잘되지. 택근 씨, 오늘 잘해봐요. 단순한 대본 리딩이지만 제대로 안 하면 김영천 선생님한테 혼날 걸요?"

도대체가 격려인지 겁을 주는 것인지, 그녀의 말 역시 김용우의 말처럼 애매하기만 했다. 장택근이 쓴웃음을 지으며 그들의 인사를 받아주고는 자리에 앉았다.

"자, 먼저 인사를 나누신 분들도 계시겠지만, 혹시 모르니 제가 한 번 더 소개시켜 드릴게요."

그렇게 말한 그가 한 명 한 명 연기자의 이름을 말하고 맡은 배역을 설명해 주니 사람들이 박수를 쳐 주었다. 그 모습이 꼭 반장 선거에 나간 후보라도 설명하는 것 같아 장택근은 웃음이 터져 나오려고 했지만 꾹 눌러 참았다.

　"저기 정장에 머리 곱게 빗어 넘기신 미남은 이번에 차승훈 역할을 맡은 장택근 씨, 신인이지만 영화 보신 분들은 다 아실 겁니다. 연기력은 절대 신인이 아니었죠?"

　그의 말에 장택근이 벌떡 자리에서 일어나 고개를 숙여 보였다. 잘 부탁드린다는 그의 인사에 사람들이 박수를 치며 환영해 주는데 몇몇 연기자의 눈빛이 곱지 않았다. 장택근과 나이가 비슷한 남자 연기자들이었는데 아무래도 경력이라고 할 것도 없는 그가 고작 영화 한 편 흥행했다고 대번에 주연 자리를 꿰찬 것이 고까운 모양이었다.

　자신들은 조연의 자리까지 올라서는데도 꽤나 고생을 했으니 상대적 박탈감이 질투로 이어진 모양이었다. 하지만 어쩌랴. 이 바닥의 생리가 뜰 놈은 맹구 역을 해도 뜨는 거고, 못 뜰 놈은 재벌 2세 매력남을 연기해도 안 뜨는 것을.

　제 놈들의 운과 실력을 탓하지 않고 자신을 슬쩍슬쩍 노려보는 모습에 장택근은 고개를 저었다. 어차피 저 사람들은 성공하기는 글러 먹었다. 아무리 신인이라지만 엄연한 주연인 자신인데 저리 대놓고 적대감을 표현해서야, 누가 적인지 아군인지 모를 이 바닥에서 살아남기에는 지나치게 순진한 모습이다.

"그리고 우리 윤신애 씨, 이제 막 건강이 회복돼서 컴백한 거니 다들 여동생이다 생각하고 잘 챙겨주세요."

김용우의 소개에 윤신애가 일어나 예의 그 조신한 동작으로 고개를 숙여 보였다. 다른 배우들을 소개할 때와는 비교가 되지 않을 정도로 박수 소리가 힘차, 여자 연기자들이 배알이 꼴린다는 표정을 지어 보였다.

'별꼴이야.'

'여우 같은 년.'

저들끼리 수군거리는 소리가 장택근의 예민한 귀로 흘러들어왔다.

이 바닥이라는 게 원래 모난 놈이 정 맞는다고, 누군가에게 예쁨을 받으면 반대로 질시하는 사람들이 생겨나게 마련이었다.

윤신애의 경우에는 그 보호 본능을 자극하는 외모 덕에 남자 연기자들이 그녀를 과하게 챙겨주고는 했는데 그런 남자 연기자들의 태도에 여자들의 질투가 애꿏은 곳으로 향한 케이스였다.

걱정스러운 눈으로 윤신애를 잠시 바라보고 있자니 자리

에 앉은 그녀가 슬쩍 그의 눈을 마주했다.

그 눈빛이 생각과는 다르게 자신감에 차 있어 마치 너나 걱정해 하고 말하는 것 같아 장택근은 눈을 동그랗게 떴다.

인사를 마친 연기자들이 잠시 친한 이들끼리 모여 작게 속닥거리며 이런저런 이야기를 했다. 그가 유일하게 이야기를 나눌 사람이라고는 김선영과 윤신애였는데 공적인 자리에서 선뜻 나서서 친한 척을 하기도 뭐했던 장택근은 가만히 사람들의 이야기를 듣고만 있었다.

'무슨 대본 리딩부터 저렇게 세팅을 하고 와.'

'냅둬. 이 바닥을 알면 얼마나 알겠어. 제 딴에는 주연이라고 힘주고 온 모양이지.'

작게 속닥인다고 속닥이는 거겠지만 남자 연기자들의 말은 장택근의 귀에 그대로 들어왔다. 이미 범인의 범주를 벗어난 청각이라 듣기 싫어도 자꾸만 그들의 대화가 들려 장택근은 속으로 심호흡을 했다.

'머리는 또 저게 뭐냐. 지가 무슨 조인혁이야?'

'2:8 가르마, 보기만 해도 부담스럽다. 스타일리스트가 안티네.'

생긴 것들도 꼭 멸치 대가리하고 오징어처럼 생긴 것들이 이제는 자신의 외모까지 씹어 대니 속이 부글부글했다.

"마셔요."

마치 그의 내심을 들여다보기라도 한 것처럼 불쑥 내밀어진 시원한 음료를 장택근이 단숨에 비워냈다. 시원한 음료가 목을 타고 흐르니 속 안에서 타고 있던 천불이 조금은 사그라드는 기분이었다.

"감사합니다. 안 그래도 목이 타던 차였거든요."

곁에 있던 연기자가 그 말에 알 만하다는 표정을 지어 보였다.

"사내새끼들이 참 말 많죠? 어차피 실력으로 승부하는 바닥인데 저렇게 입만 놀려대니 언제 성공하겠어요."

웃는 낯으로 제법 신랄하게 저 앞의 남자 연기자들을 씹어 대는 연기자의 모습에 장택근이 동의도 부정도 못하고 곤란한 얼굴을 했다.

"오태수 역을 맡은 강태영이에요. 잘 부탁합니다. 장택근 씨."

슬쩍 손을 내밀며 하는 인사가 장난스러우면서도 시원스러워 장택근이 마주 손을 내밀었다.

"반가워요."

오태수 역이라면 주연급은 아니어도 주인공과 내내 호흡을 같이 하는 꽤나 비중 있는 역할이었다. 앞으로도 지겹도록 봐야 할 얼굴인데 성격이라도 이상하면 몹시 곤란할 차였다. 다행스럽게도 강태영은 성격도 모난 구석이 없어보였고 꽤나 시원시원해 보였다.

"저것들을 빨리 죽여야 하는데."

장난스럽게 검지와 엄지를 쭉 펴고 권총 모양을 한 그가 검지로 슬쩍 장택근을 씹어 대던 연기자들을 가리켰다. 그 모습이 마치 빈총이라도 쏘는 것처럼 보여 장택근은 작게 소리 내어 웃었다.

"그럼 대충 서로 인사도 나누신 것 같으니 본격적으로 일을 시작해볼까요?"

다소 경망스러운 음성에 사람들이 김용우를 일제히 주목했다. 한 손에 대본을 동그랗게 말아쥔 그가 사람들을 둘러보며 선언했다.

"바로 '체크메이트' 1화 대본 리딩 들어가겠습니다! 혹시라도 화장실 다녀오실 분 계시면 지금 다녀오세요. 집에 가스 불 켜놓고 오신 것 같으신 분들도 지금 바로 다녀오시고."

김용우의 익살스러운 말에 사람들이 잠시 서로를 바라보다 대본을 꺼내 들었다.

*   *   *

"신 1, 서울 도심 외곽. 한적한 도로를 맹렬한 속도로 달려가는 차량의 행렬, 검은 승용차 세 대와 밴 한 대가 일렬로 달려가고 있다. 신 2, 차 안, 운전석에 앉은 태수의 곁, 조수석에 앉은 승훈이 권총을 점검한다. 실탄이 가득 든 탄창을 권총에 끼워 넣으며 승훈이 무전기로 지시한다."

김선영 작가가 또박또박 지문을 읽어주자 장택근은 마른 입술을 축이며 입을 열었다.

"돌입은 1팀과 2팀이, 3팀은 경찰 특공대와 함께 퇴로를 차단. 차량을 이용해 바리케이드를 치고 상황을 지켜본다. 1팀에서 3팀까지 준비가 완료되는 대로 상황을 보고할 것, 이상."

최대한 절도 있고 냉철한 어조로 대사를 치고 나니, 대본에 고개를 파묻고 있던 연기자들이 힐끔 그를 쳐다보았다. 김용우 PD와 김선영 역시 그를 잠시 쳐다보고는 다시 대본을 읽었다.

"신 3, 공사터 앞에 도착해 있는 승훈 일행, 준비를 마친 경찰 특공대와 요원들이 차에서 내린다. 승훈은 무선을 통해 각 요원들에게 지시를 내린다."

"각 팀은 지시가 있기 전까지 대기한다. 만전을 기하도록, 이상."

드라마 '체크메이트'는 차승훈과 정부 요원들이 폐건물을 포위하는 장면으로 시작되었다. 권총 따위로 무장한 요원들이 폐건물을 둘러싸고 있다가 차승훈의 지시에 돌입하지만 폐건물은 텅텅 비어 있었다. 목표물을 찾지 못한 요원들이 우왕좌왕하고 차승훈은 폐건물에 남은 목표물의 흔적에 분통을 터뜨렸다.

그 순간 무선을 통해 오태수의 다급한 음성이 들려왔다.

"목표물이 탄 것으로 추정되는 차량이 바리케이드를 뚫고 도주했다. 다시 말한다. 목표물이 탄 것으로 추정되는 검은색 승합차 한 대, 진입로 반대편으로 도주 중."

오태수의 보고에 차승훈이 재빠르게 지시를 내렸다.

"건물 밖에 대기 중인 요원들과 특공대는 바로 추격을 시작한다. 3팀은 현장에 남아 현장을 정리하고, 나머지는 차량에 탑승해서 목표를 추격한다."

긴박한 상황 변화에 무선을 통해 요원들이 다시 신속하게 움직이기 시작하고, 차승훈은 계단을 날듯이 뛰어 내려갔다. 밖에서 대기하고 있던 차량에 올라탄 그가 상황을 파악하느라 무선에 귀를 기울였다.

"어떤 것 같습니까?"

김용우가 곁에 앉아 있던 김영천에게 작게 물었다. 아직 등장 신까지는 한참이나 남아 있던 터라 김영천은 여유 있는 태도로 그의 말을 받았다.

"글쎄, 아직까지는 모르겠는데? 뭐 별 게 나와야지."

김영천의 대답에 김용우가 눈을 가늘게 뜨고 장택근을 주시했다. 손짓까지 섞어가며 대본 리딩에 열을 올리는 그의 모습에 김용우가 다시 물었다.

"그래도 선생님 정도 되시면 뭔가 느낌이라는 게 있지 않겠습니까?"

김용우가 그렇게 묻자 김영천이 잠시 장택근을 살펴보다가 대답했다.

"음… 일단 현장 가봐야지 알겠는데. 현장에 강한 친구 같거든."

김영천은 그다지 특별할 것 없는 장택근의 대사보다는 그의 눈빛과 제스처에 집중했다. 신인 배우다운 열정적인 몸짓으로 대본 리딩에 한창인 그의 모습이 어딘지 모르게 역동적이었다.

"그렇죠? 여기서는 모르겠죠?"

김용우 PD가 입맛을 다셨다. 도살자에서 보인 압도적인 연기력이 대본 리딩 때부터 터져 줄 거란 생각은 하지 않았지만 그래도 뭔가 평범한 대사 처리를 보고 있자니 걱정이 된 모양이었다.

"뭘 그렇게 벌써부터 걱정을 해. 여기 연기 못하는 친구는 하나도 안 보이는구먼"

곁에서 자꾸만 입을 다시고 있으니 신경이 쓰였는지 김

영천이 김용우를 타박했다. 그의 말에 김용우가 첫 대본 리딩부터 기력을 뽑아내고 있는 연기자들을 보았다.

"그래도 인지도보다는 연기력을 보고 뽑았으니까요."

다시 한 번 입맛을 다시며 대꾸를 하자 김영천이 결국 그의 옆구리를 쿡 질러주었다. 그 말에 정신을 차린 김용우가 주변을 둘러보니, 자신의 목소리가 꽤나 컸던지 김선영이 눈에 쌍심지를 켜고 그를 노려보고 있었다.

＊　　　＊　　　＊

차승훈은 어깨를 비틀어 상대의 공격을 흘려냈다. 가슴팍 앞을 지나가는 시퍼런 나이프의 빛에 그가 이를 악물고 손을 뻗었다. 자신의 공격이 빗나가자 당황해 나이프를 회수하던 사내의 목뒤를 잡은 그가 그대로 힘주어 잡아당겼다.

"억!"

강렬한 무릎 공격으로 복부를 강타 당한 사내가 억눌린 신음 소리를 내뱉으며 쓰러졌다. 그가 요란스럽게 무너지는 모습을 본체만체한 차승훈이 몸을 돌리며 다리를 뻗었다. 막 그의 등 뒤에서 날붙이를 찔러오던 남자가 그의 공격에 그대로 안면을 강타 당하고는 볼품없이 쓰러졌다.

"컷!"

김용우 PD의 컷 사인이 떨어졌다. 검은 슈트에 묻은 먼지를 털어낸 그가 몸을 일으키는 단역들을 일으켜 세워주었다.

"괜찮아요?"

상대는 자신보다 몇 배는 이런 촬영에 익숙한 액션팀의 스턴트맨이었지만 아무래도 넘어질 때 소리가 심상치 않았던 터라 걱정스레 묻지 않을 수가 없었다.

"괜찮습니다!"

태평하게 대꾸를 한 사내가 그의 손을 붙잡고 일어나는데 김용우가 호들갑스럽게 그 사이로 끼어들었다.

"이야, 택근 씨. 뭐 운동했어요?"

그의 말에 숨길 수 없는 감탄이 가득해 장택근은 민망한 얼굴로 대꾸했다.

"아뇨, 제대로 해본 적은 없는데요."

운동이라고 해봐야 몸을 만들겠답시고 몇 달간 웨이트 트레이닝을 한 것밖에 없었다. 뺨을 긁적이며 말하니 김용우가 엄지를 추켜세웠다.

"아니, 이건 뭐 액션이 그냥 살아 있네!"

김용우가 그렇게 장택근을 추켜세우는데 방금 전까지 장택근을 상대했던 스턴트맨들이 서로 이야기를 나눴다.

"야, 저 사람 뭐 격투기라도 한 거 아냐?"

"방금 못 들었어? 운동 같은 거 안 했다잖아."

김용우와 장택근의 대화를 고스란히 들었던 터라 대답을 하는 스턴트맨의 음성이 퉁명스러웠다.

"근데 뭔 몸이 저렇게 빨라. 이건 뭐 거의 유단자 수준인데?"

그의 말마따나 방금 전의 촬영에서 장택근의 동작을 따라가느라 꽤나 애를 먹었던 스턴트맨이 고개를 저었다.

"보나 마나 뒤로는 운동 몇 개 했겠지. 왜 배우들 중에 많잖아. 나중에 터뜨린다고 지 경력 숨기는 놈들. 합 안 맞춰봤으면 제대로 맞았겠다, 씨바. 어휴, 얼굴 가죽이 다 화끈거리네."

아닌 게 아니라 장택근의 발차기가 간발의 차로 스쳐 갔던 스턴트맨의 얼굴에 붉은 기가 가득했다. 만약 제때에 피하지 못했으면 쌍코피가 터지는 정도로는 끝나지 않았을 법했다.

그 사실을 잘 알고 있던 스턴트맨들이 긴장한 얼굴을 해 보였다. 그저 영화 하나가 히트해서 반짝 스타가 된 배우와의 합이라 그다지 긴장하지 않았었는데 지금처럼 안일한 태도로 촬영에 들어갔다간 최소한 이 한두 개는 나갈 것 같았다.

긴장한 스턴트맨들을 보며 무술 감독이 슬쩍 김용우 PD의 곁에 다가가 말했다.

"어디서 저런 물건을 구해왔답니까?"

방금 전에 촬영한 분량을 모니터링하던 김용우가 무술 감독의 말에 고개도 돌리지 않은 채 대답했다.

"물건이지? 내가 충무로 영화판까지 뒤져서 데리고 온 인재라니까."

"배우가 아니었으면 우리 팀에 넣고 싶을 정돈데요? 저기 형우하고 상태면 나름 베테랑인데 오히려 저 친구를 못 따라가고 있어요."

흡족한 얼굴로 모니터를 바라보던 김용우가 이번에는 고개를 들었다.

"그 정도야?"

"거기 보이죠. 보세요. 합을 맞춰본 동작이라 이미 알고 있었는데도 상태가 맞을 뻔했어요. 예상보다 저 친구 발이 날래거든요."

그의 말대로 모니터에 비치는 스턴트맨이 장택근의 발차기를 피한답시고 필사적인 얼굴을 하고 있었다.

"이야, 이거 그림 나오네. 그래? 나는 잘 모르겠는데… 뭐 전문가가 그렇다면 그런 거겠지."

모니터를 보고 고개를 끄덕이던 김용우가 그렇게 말하니

무술 감독이 고개를 절레절레 저었다.

"이런 정도면 액션 신에서 굳이 대역 안 써도 될 걸요? 잠깐만 시간 내주시면 제가 제대로 신 연습시켜 놓을게요."

그의 말에 김용우가 새삼스럽다는 시선으로 그를 바라보았다.

"저 친구는 배우야. 알지? 괜히 욕심 내지 마. 어디 다치기라도 하면 큰일이라고."

"알아요, 알아. 요즘 세상에 어느 배우가 멍청하게 지 몸 불사르며 액션을 찍는답니까. 괜한 걱정하지 마시고 때 되면 잡아 달라니까요."

듣고 보니 그런지라 김용우는 경계심을 지웠다. 신인치고는 몸값도 꽤나 비싼 장택근이 괜히 무술 감독의 액션놀음에 휘말려 몸을 던질 것 같지는 않았다.

"알았어. 일단 이번 신 마무리하고 다음 신부터는 정 감독이 책임지고 동선 잡아봐."

아무래도 일반적인 남자 배우의 능력을 고려하여 정한 액션 신이었던지라 조금 밋밋한 감이 있었다. 물론 현란한 카메라 워킹을 통해 담은 화면은 편집을 거쳐 박진감 넘치는 영상으로 바뀌겠지만 정 감독은 조금 더 욕심이 났다.

"네, 제대로 그림 한번 만들어보겠습니다."

절도 있게 대꾸한 정 감독이 스턴트맨들을 불렀다.

"얌마. 너 상태 그렇게 대충대충했다가는 턱 날아간다. 방금 전에도 한 대 제대로 맞을 뻔했지?"

정 감독의 말에 상태라 불린 사내가 잔뜩 인상을 썼다.

"그건 저 친구가 원래 맞췄던 합보다 빨리 들어와서……."

"웃기지 마. 애초에 네가 들어갔던 타이밍부터가 빨랐거든? 다른 배우였으면 인마, 사고 났어."

단번에 그의 말을 잘라낸 정 감독이 핀잔을 주자 상태가 입을 내밀었다.

"에이, 템포야 상황 봐서 우리가 조절하는 거 아닙니까. 그리고 애초에 이딴 모형 가지고 무슨 사고가 난다고."

손 안에 쥔 소품을 장난스럽게 휘두르던 상태의 말에 정 감독이 정색을 했다.

"뭐 이 새끼야?"

그의 표정이 심상치 않자 상태가 뒤늦게 자신의 실수를 눈치채고 표정을 굳혔지만, 이미 늦어버렸다.

"우리 철칙이 뭐야! 엉? 말해봐, 이 새끼야."

사나운 그의 말에 상태는 잔뜩 주눅이 든 얼굴로 대답했다.

"첫째도 안전, 둘째도 안전, 셋째도 안전입니다."

바짝 군기가 든 그의 대답에 정 감독이 와락 인상을 썼다.

"그걸 아는 새끼가 그딴 소리를 해? 야, 이 새끼야. 아무리 소품이어도 찌르면 들어가고 때리면 깨져. 몸값 비싼 배우 다치게 해서 촬영 엎어지면 네가 책일질 거야?"

신랄한 그의 말에 스턴트맨들이 고개를 들지 못했다.

"잘해, 이 새끼들아. 이번 신 끝나고 나면 저 친구랑 다시 동선 짜서 더 빡세게 갈 거니까 또 설렁설렁하면 오늘 네놈 새끼들 다 죽을 줄 알아."

"네!"

군기가 바짝 들어 우렁차게 대답하는 그들의 모습을 보며 혀를 차던 정 감독이 다시 장택근에게 시선을 돌렸다.

검은 슈트로 가리고 있지만 언뜻 보기에도 몸이 다부졌다. 요즘 한창 짐승돌이니 뭐니 떠들어대는 연예인들처럼 부피만 키운 근육이 아니라, 극도로 단련해서 압축할 대로 압축한 강근이었다.

게다가 몸동작도 날래고 유연한 것이 제대로 단련만 시키면 배우들 템포 맞춘답시고 한껏 낮췄던 액션의 질을 높일 수도 있을 것 같았다.

"저런 친구가 우리 팀에 들어와야 하는데 말이야. 어떻게 꼬실 방법 없나?"

그가 입맛을 다시며 장택근을 뚫어져라 바라보았다.

"어휴, 왜 이렇게 오한이 돌지?"

꽤나 과격한 액션을 찍다보니 컷 사인이 들릴 때마다 메이크업을 고치는 게 일이 되어 버렸다. 성민경이 갑작스레 몸을 떠는 장택근을 보며 말했다.

"가만히 계세요. 잘못 씌우면 화면에 다 표 난단 말이에요."

그녀의 단호한 말에 끄응 하고 신음을 흘린 장택근이 촬영장을 둘러보았다. 분주하게 움직이는 스태프들과 무언가를 끊임없이 지시하는 김용우의 모습이 한창 열기를 띠고 있었다.

불과 얼마 전까지만 해도 자신이 저 자리에 앉는 것이 소원이었는데 지금은 배우가 되어 그들의 한가운데에 서 있다. 이제 와서 딱히 미련이 남는 것은 아니었지만, 이렇게 잠깐의 텀이 있을 때면 왠지 기분이 복잡해지는 장택근이었다.

"다 됐어요!"

저도 모르게 김용우의 모습을 바라보고 있는데 성민경이 분장 도구를 수납하며 물러섰다.

"차승훈! 준비됐으면 바로 다음 신 들어갑니다!"

스태프의 외침에 장택근이 벌떡 몸을 일으켰다.

　　　　*　　　　*　　　　*

　"수고하셨습니다!"

　촬영이 끝나자 촬영장은 더욱 분주해졌다. 카메라가 돌아가는 동안 숨을 죽인 채 배우들에게 포커스를 맞추고 있던 스태프들이 바쁘게 촬영장을 뛰어다니며 장비를 챙기고 소품을 거둬들이느라 부산을 떨었다.

　"장비 챙겨! 빠뜨린 거 없나 잘 확인하고, 소품 담당! 소품 담당 어디 있어!"

　숨을 잔뜩 죽이고 있던 스태프들이 다시 각각의 할 일을 찾아 움직이기 시작했다. 거친 고함이 오가고 누군가는 욕지거리를 내뱉지만 촬영장은 그 어느 때보다 생기가 돌았다.

　"나 편집실로 바로 갈 테니까, 누가 나 찾으면 C편집실로 오라고 해."

　김용우 PD가 짧게 말하고는 그대로 촬영장을 나섰다.

　아직 드라마 첫 방영 일정까지는 시간이 있었지만, '체크메이트'는 촬영의 반 이상이 야외촬영인지라 편집에 손이 많이 간다.

　지금부터 부지런히 작업을 해야 촬영 일정 중간에 애를 먹는 일이 생기지 않는다.

"수고하셨습니다!"

방금 2화 분량에 해당되는 촬영을 마친 장택근이 기진맥진해서 스태프들에게 인사를 했다. 그의 곁에는 방금 전까지 격렬하게 몸을 움직이느라 땀범벅이 된 오태수 역의 강태영도 숨을 몰아쉬고 있었다.

"진짜 빡세네."

잔뜩 흐트러진 옷매무새를 한 그의 볼멘소리에 장택근이 저도 모르게 고개를 끄덕였다.

1화부터 이어진 야외촬영 중 대부분이 격렬한 동작의 액션이 포함된 장면들이었다. 당연하게도 육체적인 피로도가 클 수밖에 없었다.

게다가 장택근의 동선에 맞춘 액션을 따라간답시고 가랑이가 찢어질 것 같은 강태영이었던지라 그 고충이 더욱 컸다.

"사고 안 나고 끝난 게 용하다. 진짜."

장택근 역시 잔뜩 긴장을 하고 촬영에 임했던지라 정신적인 피로가 꽤나 쌓여 있었다.

다른 이들은 모르겠지만 격투 장면을 찍을 때 유독 그에게만 실전을 방불케 하는 합과 동선이 주어졌다. 자칫 실수라도 하면 누군가가 크게 다칠 수도 있었다.

당연히 같은 장면을 찍어도 정신적으로 더 지칠 수밖에

없는 이유가 거기 있었다.

"수고했어요, 택근 씨."

그를 가장 피로하게 만든 원흉, 정 무술 감독이 다가와 그들의 어깨를 두들겨 주었다.

"네, 정 감독님도 고생하셨습니다."

매번 나타날 때마다 장택근의 고충을 두 배로 만들던 무술 감독이었던지라 그는 조건반사적으로 얼굴의 근육이 딱딱하게 굳고 말았다.

"고생은 뭐 택근 씨하고 태영 씨가 했지. 우리 애들하고… 진짜 수고했어요. 이번에는 내가 욕심 좀 부려서 따라오느라 고생했을 텐데. 정말 고생 많았어요."

무술 감독의 말에 강태영이 고개를 절레절레 저었다.

"앞으로도 이런 수준으로 갈 건가요?"

당장 촬영을 시작한 지 얼마 되지 않은 지금은 체력적으로 썩 나쁘지 않은 상태였던지라 어찌어찌 큰 사고 없이 촬영을 마치기는 했지만, 앞으로의 일이 걱정이었다.

강태영이 걱정스레 물으니 무술 감독이 너털웃음을 터뜨렸다.

"당연히 지금보다 빡세게 가야죠! 하다 보면 익숙해질 테니 너무 걱정 말아요."

천연덕스러운 무술 감독의 말에 강태영과 장택근이 와락

얼굴을 일그러뜨렸다.

"그럼 다음에 또 봐요. 내가 끝내주는 액션 준비해 둘 테니 기대해요."

그런 그들의 모습을 짓궂은 얼굴로 바라보던 무술 감독이 스턴트맨들을 이끌고 사라졌다.

"어휴, 저 사람 좀 변태 기질이 있는 것 같아."

그새 친해졌다고 농을 거는 강태영의 모습에 장택근이 고개를 끄덕여 주었다.

"가자, 끝나고 밥 먹는다더라. 갈 거지?"

그의 말에 강태영이 고개를 끄덕였다.

"밥이고 나발이고 어디 누워서 씻고 싶지만, 아직 우리가 그럴 짬밥은 아니지."

투덜거리며 옷매무새를 정리하는 강태영의 모습이 그 훤칠한 외모와 어울리지 않게 천진해 보였다.

피식 하고 미소를 지은 그가 고개를 흔들며 촬영장을 나섰다.

*　　　　*　　　　*

"떴습니다! 떴어요!"

식당에서 고기로 주린 배를 채우느라 정신이 없던 사람

들이 호들갑스러운 외침에 고개를 들었다. 숨이 턱 끝까지 차오른 촬영팀의 막내가 사람들의 시선에 숨을 가다듬으며 속사포처럼 내뱉었다.

"M방송국! '아름다운 세계' 첫 시청률 떴다고요!"

그의 말이 끝나기가 무섭게 촬영 감독이 벌떡 일어나 윽박질렀다.

"뜸 들이지 말고 말해! 몇 프로야?"

궁금함이 지나쳐 화가 나는 모양인지, 그의 어조가 거칠었다.

"18프로?"

"그쪽 요즘 영 안 좋잖아. 한 13프로 나오지 않았을까?"

"그래도 광고 엄청 때려댔는데 15프로는 나왔겠지."

사람들이 저들끼리 수군거리며 시청률을 짐작해 보는데 촬영팀의 막내가 손가락으로 브이를 해보였다.

"땡! 20.3프롭니다! 20.3프로!"

생각보다 높은 시청률에 사람들이 눈을 휘둥그레지게 떴다.

"전국 시청률 19.6프로, 수도권 시청률 20.3프로! 대박이죠?"

첫 회 방송에 시청률 20프로가 넘었다는 건 꽤나 화려한 스타트라고 볼 수 있었다.

젊은 세대가 더 이상 본 방송에 맞춰 TV 앞에 앉아 있기를 거부하는 요즘 같은 상황에서 얻은 결과라 더욱 빛이 나는 결과였다.

그런데 하필이면 조금 후에 맞붙게 될 경쟁사의 프로그램이 얻은 성과라 식당에 모여 있던 스태프들의 얼굴이 좋지 않았다.

"지금 시청자 게시판은 난리가 났데요."

막내의 호들갑에 카메라 감독이 그의 뒤통수를 후려쳤다.

"넌 인마, 경쟁사 드라마 대박 났다는 데 뭐가 좋아서 브이질이야. 브이질은."

손가락 두 개를 바짝 펴고 있던 막내가 억울하다는 듯이 손을 내밀며 입을 삐죽거렸다.

"브이가 아니라 20프로라는 건데……."

"이 새끼가 말대꾸는!"

험악하게 얼굴을 일그러뜨리며 말하니 막내가 뜨끔한 표정으로 저 멀리 달려가 여자 스태프들 사이에 몸을 숨겼다.

"얌마! 김 PD도 이거 알아?"

"김 PD님은 지금 C편집실에 있어서 모르실 걸요? 특별한 일 없으면 부르지 말라고 해서 말씀 안 드렸어요!"

카메라 감독이 끄응 하고 앓는 소리를 내는데 분주하게

테이블 위를 오가던 사람들의 손이 전부 휴대폰을 부여잡고 있었다.

"장난 아닌데? 뭔 평이 이렇게 좋아?"

누군가의 말마따나 휴대폰 액정에 가득 찬 '아름다운 세계'의 기사에는 극찬만이 가득했다. 그간 그렇게도 M방송국의 드라마를 찬밥 취급하던 기자들이 이렇게나 앞 다투어 기사를 쏟아낸다는 것은, 하이에나 같은 그들이 흥행의 냄새를 맡았다는 것이다.

"자! 자! 다들 진정하고!"

촬영팀의 가장 연장자인 카메라 감독이 사람들을 달랬다.

"까짓것 이기면 되는 거 아냐? 그쪽이 20프로 찍었으면 우린 한 30프로 찍자고!"

그의 호기로운 말에 사람들이 고개를 들어 그를 주목하기 시작했다.

"왜, 자신 없어? 난 될 것 같은데? 우리 액션 알잖아! 한국 드라마 역사상 획을 그은 액션이라고! 까짓 거 저쪽이 몇이 나오든 눌러주면 될 거 아냐!"

카메라 감독이 호언장담을 하자, 사람들이 너도나도 옳소 하며 동조하기 시작했다. 그간 숱하게 드라마를 찍어왔지만 이번 드라마만큼 액션의 스케일이 크고 화려한 드라마는 보지 못했다. 일단 방송만 나가면 사람들의 이목을 끌 자신이 있었다.

"까짓것 그럽시다!"

누군가의 시원한 대답에 카메라 감독이 만족스러운 얼굴로 소주잔을 치켜들었다.

"그래, 그러면 되지. 우리가 언제부터 M방송국 드라마를 무서워했다고!"

근 몇 년을 드라마 최강자로 군림했던 K방송국의 드라마국 식구들이다. 게다가 히트 작가로 이름이 높은 김선영 작가까지 얻은 마당에 더 이상 두려울 것이 없었다.

취기 때문에 다소 과격할 정도로 흥분한 사람들이 시끄럽게 M방송국의 드라마를 깎아 내리는데 장택근은 복잡한 얼굴로 휴대폰의 액정을 바라보고 있었다.

한국 드라마에 길이 남을 명작 드라마!

불륜과 출생의 비밀이 판치는 드라마 사이에서 홀로 빛나는…….

첫 방송부터 시청률 20.3프로를 기록한 '아름다운 세계', 시청자들의 선택은 탁월했다!

탈 막장 드라마, 첫 편부터 인기몰이.

하나같이 극찬 일색이었다.

속 타는 마음에 소주를 부어 보지만 몸은 전혀 식지 않았다. 유독 쓰게 느껴지는 소주의 맛에 그가 인상을 찡그렸다.

왜 쓰지 않겠는가.

자신이 피땀을 흘려 기획한 드라마다. 시나리오 제작부터 시작해서 촬영 콘티까지 하나하나 그의 손이 닿지 않은 곳이 없었다. 원래대로라면 자신이 연출을 잡았어야 할 드라마가 타인의 손을 통해 대중에게 소개되어 극찬을 받고 있다.

도둑질이라도 당한 기분이었다.

"워워. 술 세다는 건 들었는데 그래도 같이 보조 좀 맞추지?"

강태영이 넉살 좋게 다가와 그에게 말을 걸었다.

"기사 봤냐?"

막 술잔을 비워낸 터라 인상을 잔뜩 찡그린 장택근이 묻자 강태영이 고개를 끄덕였다.

"어, 평 장난 아니더라. 거의 뭐 찬양 수준이던데? 기자들 뒷돈이라도 받은 거 아냐?"

그의 말에 괜스레 속이 더 쓰려진 장택근이 다시 술잔을 채워 넣었다.

"음, 천천히 마셔."

그때 누군가의 손이 불쑥 끼어들어 그의 술잔을 뺏었다.

"신애 씨 왔어요?"

강태영이 윤신애를 보고 반색을 했다. 주변 남자들이 윤신애가 장택근의 곁에 자리를 잡은 것을 보고는 하나같이 입맛을 다셨다.

"네, 안녕하세요. 조금 늦었죠?"

그렇게 강태영의 인사를 받아준 윤신애가 장택근을 바라보았다.

그녀는 오늘 촬영 분량이 없어 집에서 쉬고 있었던 덕분에 '아름다운 세계'의 방영분을 볼 수 있었다.

과연 미장센 덕후라는 별명이 있는 김석천 PD의 작품답게 드라마는 초반부터 화려한 비주얼로 눈을 사로잡았다. 원래는 김석천 특유의 알맹이 없이 진행되는, 비주얼만 좋은 전개가 이어졌어야 했지만 '아름다운 세계'는 달랐다.

엄청나게 시나리오에 공을 들였는지 배우들의 대사 하나하나가 세련되고 감정이 살아 있었다. 흐름 역시 나무랄 곳이 없었다.

괜히 기자들이 극찬 일색의 기사를 내보내는 것이 아니었다.

그래서 그녀는 더욱 마음이 아팠다. 장택근이 얼마나 드라마에 공을 들였는지, 또 열정을 다 했는지 알 수 있었던 탓이다.

아니나 다를까. 회식 장소에 도착해 보니 장택근의 얼굴이 말이 아니었다. 그의 속도 모르고 지껄여 대는 스태프들의 모습에 윤신애는 한숨을 내쉬었다.

그를 위로하고 싶어도 딱히 뭐라고 위로할 말이 없었다. 뭐라고 위로를 한다는 말인가.

이미 도둑질당한 작품이지만 그래도 네 기획은 훌륭했다라고? 그도 아니면 기왕 이렇게 된 거 경쟁자의 입장에서 철저하게 박살 내자고?

그녀는 결국 할 말을 찾지 못했다. 말없이 술잔을 기울이는 그의 모습에 속이 상할까 염려되어 안줏거리를 올려주는 것이 그녀가 할 수 있는 일의 전부였다.

"이야, 신애 씨. 화장 안 해도 예쁘시네요."

금세 사람들이 그녀의 주변에 몰려들어 호들갑을 떨어댔다.

장택근이 걱정되어 급하게 나오느라 화장도 하는 둥 마는 둥 한 그녀의 모습이 더욱 청초해 보여 남자들이 괜히 더 친한 척을 했다.

사람들이 자꾸만 몰려들자 장택근에게 방해가 될까 걱정

이 된 그녀가 시선을 돌렸다. 방금 전까지 자신의 곁에서 술잔을 기울이던 장택근이 어느새 휴대폰을 귀에 대고 멀찍이서 통화를 하고 있었다.

대충 누구일지 짐작이 간 윤신애는 괜히 억울한 심정에 술잔을 비워냈다.

"이야! 우리 신애 씨, 술 안 좋아하면서 웬일이래?"

그녀의 속도 모르고 남자들이 좋다고 박수를 쳐댔다. 그들의 호들갑에 대충 장단을 맞춰준 그녀가 다시 술잔을 입에 털어 넣으며 장택근을 바라보았다.

이지원과의 통화를 마친 장택근은 한숨을 길게 내뱉었다. 별다른 위로는 없었지만 그녀의 성격을 보건데 그가 신경 쓰여 바쁜 와중에 짬을 냈을 것이 뻔했다.

아닌 척해도 그 마음 씀씀이가 빤히 보여 그는 조금이나마 위안을 찾았다.

"어? 뭐해, 안 들어가고."

몸을 돌리니 언제 나왔는지 윤신애가 문가에 기대어 서서 그를 바라보고 있었다.

"아, 그냥 오빠가 좀 걱정돼서."

윤신애의 말에 그가 눈을 동그랗게 떴다.

그녀는 이런 면이 이지원과 달랐다. 속마음을 표현하는

데 서투른 이지원과는 다르게 그녀는 자신의 내심을 보여주는 데 거리낌이 없었다.

평소 수줍고 내성적인 성격의 그녀였지만 자신의 감정을 표현하는 데 있어서는 왠지 모르게 저돌적이게까지 느껴졌다.

덕분에 그는 윤신애의 감정을 진즉에 알아챌 수 있었다. 바보가 아닌 이상에야 이렇게나 적극적으로 자신에게 부딪혀 오는데 모른다는 것은 말이 되지 않았다.

"들어가자. 사람들이 본다."

하지만 그녀의 마음에 응답해 줄 방법이 없어 무심코 차갑게 내뱉고 말았다. 그 말에 윤신애의 얼굴이 눈에 띄게 어두워졌다.

"춥다, 들어가자."

그렇게 말한 그가 다시 식당 안으로 들어서려는데 뒤를 따르는 발소리가 들리지 않았다. 고개를 돌리니 당장에라도 울 것 같은 얼굴을 한 그녀가 자신을 바라보고 있었다.

뭐라고 말을 하려고 했지만 입이 딱 붙어버렸다. 몇 번이나 손을 들었다 놓았다 하고 있으니 윤신애가 한숨을 길게 내뱉고는 식당 안으로 들어섰다.

축 처진 어깨가 금세 올라가는 그녀의 모습에 쓴웃음을 지은 그가 식당 안으로 들어가니, 사람들이 그와 윤신애를 힐끔거렸다.

그 미묘한 분위기가 불편해 장택근은 그 뒤로는 어떻게 지났는지도 모르게 회식을 끝마쳤다. 집에 돌아오자마자 침대에 몸을 던지니 저절로 눈이 감겼다.

아름다운 세계고 김석천이고 나발이고 지금은 그냥 쉬고 싶을 뿐이었다.

6장

계속되는 촬영

K방송국의 드라마국은 난리가 났다. 아니, 정확하게 말하면 김용우 PD의 발등에 불이 떨어졌다. 그간 항상 승자의 입장에 있었던 탓에 M방송국의 신작에 크게 신경을 쓰지 않았는데 그게 대박이 났단다.

첫 방송에서 20.3프로를 찍은 시청률이 다음 편에서는 27프로를 찍었다.

생각지도 못한 M방송국의 선전에 김용우 PD는 기존에 준비했던 홍보 외에도 부랴부랴 홍보 방안을 찾았다. 원래대로라면 다음 주부터 나갔어야 할 '체크메이트'의 홍보 영상을 당장 이번 주부터 내보내기로 했다.

아무리 드라마가 종영을 앞두고 있다고는 하지만, 중간에 불쑥 다른 드라마의 홍보 영상을 넣어달라는 것은 눈살이 찌푸려지는 일이었다. 자칫 잘못하면 차기작의 PD는 물론 드라마국 전체에 방영 중인 드라마의 종결만 기다리고 있다는 인상을 줄 수가 있었던 탓이었다.

하물며 시청률이 저조한 드라마라면 더욱 조심해야 했는데 다행스럽게도 '체크메이트'에게 바통을 이어줄 드라마는 꽤나 성공적으로 마무리를 향해 달려가고 있었다. 경쟁사의 신작이 아무리 잘나가도 기존의 팬층이 있었던 덕에 크게 영향을 받지 않는 듯했다.

만약 그렇지 않았으면 담당 연출자와 감정이 상했을 것이다. 하지만 드라마가 성황리에 방영되고 있으니 담당 PD는 그의 부탁을 어렵게나마 들어주었다. 물론 공짜로 얻어낸 허락은 아니었다. 후배 PD에게 한참이나 아쉬운 소리를 하고 다음번에 신세를 갚기로 하고 나서야 겨우 양해를 구할 수가 있었다.

그래도 그렇게 홍보 영상의 방영이 결정되고 나니 한결 마음이 편해졌다.

"진짜 잘 빠졌단 말이야."

모니터에 가득 떠오르는 화려한 액션 장면을 보며 김용

우는 얼굴을 폈다. 저 정도 퀄리티면 사실 정면 승부도 생각해 볼 만했지만 '아름다운 세계'의 선전이 범상치 않았다. 연출, 각본, 연기는 물론 하다못해 OST까지 호평을 받고 있는 경쟁작이라 그대로 맞부딪치기에는 조금 부담스러웠다.

액션이 잘 빠지기는 했지만 사실 주연급 배우들이 조금 약한 것이 마음에 걸렸다. 도살자를 통해 관심을 집중시킨 배우이기는 했지만, 아직 장택근은 이름 자체만으로 흥행력이 실리는 급의 배우는 아니었다. 윤신애 역시 말할 것이 없었다.

나름 그녀의 재기작이라는 마케팅을 생각해 두긴 했지만 지금 와서 생각해 보니 조금 모험이 아니었나 싶었다.

"이제 와서 바꿀 수도 없고."

영상을 보고 있는데 저도 모르게 무심코 속마음이 흘러나왔다. 제 풀에 놀라 주변을 둘러본 그가 다시 생각에 잠겼다.

일단 홍보 영상은 빠르든 늦든 간에 어차피 나갔어야 했다. 그는 그 외에도 다른 홍보 방안을 물색하기 시작했다. 일전에 준비해 두었던 홍보 안들을 꺼내 들고 검토하다 보니 제법 괜찮은 방법이 많이 있었다.

"일단 이건 예산이 너무 들고 시간도 촉박하니 빼고."

홍보 안을 한참 뒤적거리던 그가 몇 가지 홍보 방법을 결정하고는 부리나케 국장실로 달려갔다.

*　　　*　　　*

윤신애, 연기 활동 재개 의지, "다시 연기하고 싶어."

Y양 자살 미수라는 사회적 물의를 일으키며 연예 활동을 중단했던 배우 윤신애가 M방송국 소속 새 월화드라마 '체크메이트(극본 김선영, 연출 김용우)'로 활동을 재개한다.

M방송국은 20일 "윤신애를 '체크메이트'의 여주인공 장한나로 캐스팅 했다."고 밝혔다.

'체크메이트'는 '행복한 나날', '카페 프린세스'의 김선영 작가와 '꽃을 든 형사'의 김용우 PD가 손잡고 만드는 첩보 액션 드라마로 여리지만 당차기도 한 대학생 장한나와 신분을 숨긴 채 요인을 밀착 경호하는 정부 요원 차승훈의 사랑과 모험을 그린다.

김선영 작가는 "최근 윤신애와 첫 만남을 가졌는데 윤신애는 연기에 대한 열정과 욕심이 남다르다"면서 "비록 불미스러운 상황 속에서 극단적인 선택을 했었지만 본인의 의지가 확고하고 열정이 있으니 시청자 여러분의 응원을 바란다"고 말했다.

김용우 PD 역시 "윤신애는 데뷔 때부터 때 묻지 않은 연기를 보여 관심 있게 본 배우"라면서 "윤신애는 전형적인 외유내강의 성격으로 장한나의 여리지만 당찬 내면을 잘 표현할 거라 기대한다"고 보탰다.

윤신애의 소속사는 "차기작 활동 시기에 대해 많이 고민했던 게 사실"이라면서 "김선영 작가와 김용우 PD에 대한 신뢰, 작품 및 캐릭터에 대한 매력 때문에 출연을 긍정적으로 검토하게 됐다"고 설명했다.

이어 "천 마디 말보다는 노력하는 모습으로 지난 물의에 대해 사죄드리고 만회하기 위해서라면 몸 던져 연기할 것"이라면서 "힘든 시간동안 변함없는 응원과 격려로 힘이 되어주신 분들에게 꼭 좋은 연기로 보답하겠다"는 윤신애의 각오를 전했다.

'체크메이트'는 오는 4월 초 첫선을 내보일 예정이다.

취재. 팟 캐스트 이명백 기자.

*　　　　*　　　　*

"어때요?"

오랜만에 불려온 NB엔터테인먼트의 사무실, 김인숙이 장택근에게 물었다. 태블릿에 가득 떠오른 기사를 보고 있자니 머리가 아찔한 기분이다.

가장 힘든 시기의 기억마저도 마케팅의 일부로 사용하는

방송국의 작태에 화가 났지만 한편으로는 이해가 갔다. 당장 만만히 보고 있던 약자가 생각보다 만만치 않은 도전자였고, 그 도전자의 예상치 못한 펀치가 코앞까지 뻗어와 있으니 KO를 당하지 않으려면 무슨 짓이든 해야 했으리라.

"예상은 했지만 조금 마음이 좋지 않네요."

김인숙에게는 이미 이지원을 비롯한 윤신애와의 관계도 다 알렸던 상황이라 장택근이 속마음을 그대로 털어놓았다. 그 말에 김인숙이 다시 태블릿을 받아 들고는 화면을 이리저리 만져댔다.

"봐요. 이건 어떻게 생각해요?"

윤신애의 컴백 결정, 사실은 남자 주인공과의 애정 때문?

첫 문구부터가 너무도 자극적인 기사인지라 장택근은 눈을 크게 떴다. 빠르게 태블릿의 액정을 훑어본 그의 얼굴이 더없이 굳어 있었다.

"설마 이것도 지금 올라간 겁니까?"

한껏 낮아진 그의 음성이 제법 살벌했다. 김인숙은 살 끝이 따끔따끔해질 정도로 날카로운 그의 눈빛에 일순간 몸이 굳었다.

"아직 올라간 기사는 아니에요. 더 있으니까 다음 것도 봐요."

그녀의 말에 액정을 조작한 장택근이 방금 전보다 더욱 표정이 굳어버렸다.

윤신애와 이지원, 두 여자를 홀린 장택근은 누구인가.

마성의 사내, 톱 여배우들 사이에서 아슬아슬한 줄타기.

"그것도 아직 올라가지 않은 기사죠. 일단은 준비만 하고 있는 건데 정 여의치 않으면 그대로 올라갈 수도 있고."

잠시나마 그의 기세에 압도되었던 그녀가 빨갛게 상기된 얼굴로 말했다.

"무슨 뜻인지 물어봐도 되겠습니까?"

경직될 대로 경직된 그의 말투에 김인숙이 소파에 느긋하게 몸을 기댔다.

"별 뜻 없어요. 그냥 이건 택근 씨가 조금 더 빨리 올라가기 위한 기획 중 하나일 뿐이니까."

입꼬리를 쭈욱 치켜 올린 그녀의 태도에 장택근이 잠시 호흡을 가다듬었다. 당장 공개되는 것만으로도 이지원과 윤신애를 한참이나 괴롭힐 기사였지만 아직은 공개되지 않은 기사였다.

벌써부터 열을 낼 필요는 없었다. 게다가 지금까지 지켜본 바로는 김인숙은 절대로 저급한 방법으로 소속 배우들을 윽박질러서 착취하는 스타일이 아니었다. 속된 말로 키워서 잡아먹을 정도의 인내심과 수완은 있는 인물이었다.

그런 그녀가 드라마로 방영 초읽기를 앞둔 그를 불러다가 저열한 협박질이나 할 리가 없었다.

금세 평정을 되찾은 그가 김인숙을 빤히 바라보니, 그녀가 의외라는 표정을 지어 보였다.

"돌리지 말고 얘기해 주십시오. 어차피 차동수 건으로 도움을 받을 때 이사님께 의탁한 몸입니다."

내친 김에 단호하게 의사를 표현하니 김인숙이 짙은 미소를 지어보였다. 방금 전처럼 장난감을 앞에 둔 가벼운 미소가 아니라 정말 기분이 좋아 짓는 미소였다.

"제법이네요. 최민혁 씨를 초주검으로 만들어놨다고 해서 욱하는 성격일 줄 알았는데. 제법 참을 때는 참을 줄도 아네요."

뜬금없는 그녀의 칭찬이었지만 장택근은 여전히 표정 변화가 없었다. 마치 사설 따위는 듣고 싶지 않다는 듯한 모습이라 그녀가 정색을 하고 이야기를 시작했다.

"윤신애 씨와의 열애설은 원래 오늘 올라갔어야 할 기사를 제가 막은 거예요. 무슨 말인지 알아요?"

그렇게 말한 그녀가 자리에서 일어나 책상 위에서 봉투를 가져와 그에게 건네주었다. 굳은 표정으로 그녀의 말을 듣고 있던 장택근은 봉투 안에 들어 있는 사진을 꺼내 보고는 이를 악물었다.

사진 속에는 얼마 전 드라마 회식 자리에서 이지원과의 통화를 마치고 들어가려다 윤신애와 마주쳤던 자신이 있었다. 공교롭게도 눈물이 그렁그렁한 그녀의 얼굴과 자신의 뒷모습이 겹쳐 얼핏 보기에도 오해하기 딱 좋은 구도였다.

"연기자 출신이라 그런지 표정이 참 풍부하죠? 누가 봐도 윤신애 씨가 장택근 씨를 어떤 눈으로 보는지 알 수 있을 거예요."

그녀의 말에 장택근이 와락 얼굴을 찡그렸다. 구도를 보아하니 분명 식당 안쪽에서 찍은 구도였다. 그날 식당 안에는 드라마 관계자들밖에 없었으니 이 사진을 찍은 이는 스태프와 배우들 중 하나라는 말이다.

"장택근 씨, 우리 정리 좀 할까요?"

김인숙이 소파의 팔걸이에 엉덩이를 기대며 허리를 숙였다. 잔뜩 허리를 숙인 그녀가 장택근에게 얼굴을 바짝 붙인 채로 얘기했다.

"제가 택근 씨와 계약을 한 건 자선사업을 하려고 한 게 아닙니다. 택근 씨가 가진 상품적 가치를 높게 샀기 때문에 지금처럼 대우를 하는 겁니다."

나긋나긋하지만 서늘한 그녀의 말투에 장택근이 고개를
끄덕였다.

애초에 노예 계약까지는 아니어도 어느 정도 그녀에게
이용당할 각오로 맺은 계약이었다. 그랬던 것이 의외로 괜
찮은 계약 조건에 대우까지 나쁘지 않았으니 그녀가 자신
을 소모품으로 보지 않는다는 것 정도는 알 수 있었다.

"좋아요. 나머지는 제가 입 아프게 얘기하지 않아도 알아
들은 것 같군요. 역시 PD 출신이시라 이해력이 좋아요, 아
주 좋아요."

장택근의 셔츠 칼라를 살짝 쓰다듬은 그녀가 다시 말을
이어갔다.

"뭐, 택근 씨가 어디서 누구를 만나든 그건 택근 씨의 자
유예요. 근데 이런 식으로 기자들이 먼저 냄새를 맡고 터뜨
리는 건 용납하지 못합니다."

그녀의 눈매가 가늘어졌다.

"열애설이 터져도 그 열애설은 제가 만듭니다. 스캔들이
터져도 그걸 공개하는 건 NB여야 한다고요. 이런 식으로
우리가 이용할 수 있는 패가 되도 않을 타이밍에 까발려지
는 건 딱 질색입니다."

장택근은 그 말에 고개를 끄덕일 수밖에 없었다. 그 어떤

기사조차도 마케팅으로 승화시킬 수 있는 수완이 있는 그녀였으니만큼 자신이 지닌 카드에 대한 애착이 강했다. 그런 그녀에게 지금과도 같은 상황은 꽤나 불쾌했을 것이다.

"조심하겠습니다."

결국 할 말을 찾지 못한 장택근이 굳은 음성으로 이야기하니, 그녀가 고개를 저었다.

"조심하란 이야기는 아니에요. 어차피 이 패들은 나중에 한 번은 써먹을 패들이니까, 쉽게 내보이지 말라는 것뿐이에요."

그의 셔츠 칼라를 정리해 준 그녀가 허리를 폈다.

"어차피 택근 씨 입장에서는 스캔들이 나서 이지원 씨와 윤신애 씨가 괜한 구설수에 오르는 건 원치 않잖아요? 택근 씨야 잠깐 사람들 입에 오르락내리락거리다가 유명세만 남겠지만 여배우와 남자 배우의 입장은 다르니까요."

그녀의 말에 장택근의 눈빛이 사나워졌다. 그녀의 말이 위협처럼 들렸던 탓이었다. 그런 기색을 눈치챘는지 김인숙이 손사래를 쳤다.

"오해하지 마세요. 그녀들을 빌미로 협박하는 건 아니까요. 다만 어차피 이 바닥에서도 영원한 비밀은 없어요. 택근 씨가 그녀들과 관계를 유지하는 한 언젠가는 터질 일이에요."

장택근이 그녀의 눈을 노려보았다. 그녀는 그 투명한 눈빛을 피하지 않은 채 다시 입을 열었다.

"어차피 터질 일이라면 택근 씨에게도, 그녀들에게도 유리한 방향으로 터뜨립시다."

장택근의 눈빛이 더욱 강렬해졌다. 허튼수작 따위는 추호도 용납하지 않겠다는 듯한 그의 의지가 김인숙과 그의 거리를 뛰어넘어 그대로 전해져 왔다.

위협도 뭣도 아닌 그저 강렬할 뿐인 눈빛과 기세였지만 그녀는 순간 아찔함을 느꼈다.

"믿겠습니다."

한참이나 그렇게 굳은 얼굴을 한 그녀를 노려보던 장택근이 드라마 촬영장에 돌아가 봐야 한다며 자리에서 일어났다. 그가 떠나고 한참이 지나서야 정신을 차린 김인숙은 혀로 입술을 축였다.

"이거 생각 이상이잖아."

어설프게 반항하거나 사과를 하면 김인숙은 실망할 뻔했다. 그렇다고 또 천둥벌거숭이처럼 자신에게 화를 내는 건 더 사양이었다. 어떤 행동을 보이는지에 따라 장택근이라는 배우의 그릇을 재보려 했는데 그녀의 예상은 완전히 빗나가 버렸다.

그는 그 어떤 말이나 변명, 위협, 또는 부탁도 없었다. 속을 꿰뚫어 볼 것만 같은 눈으로 자신을 바라보다가 그저 믿겠다는 말 한 마디만 남기고 가버렸다. 사업가의 눈으로 보기에는 여러모로 미흡한 대처였지만, 그는 사업가가 아닌 배우였다. 짧고 강렬한 그 느낌 하나면 충분했다.

게다가 마지막에 보인 그 눈빛이라니.

'도살자'에서 느꼈던 카리스마와는 비교도 되지 않을 만큼 강렬한 눈빛, 보는 순간 온몸이 저릿저릿해지는 그 느낌에 그녀는 전율해야 했다. 그의 눈빛이 여과 없이 있는 그대로 대중에게 전해지면 어떤 일이 벌어질지 상상만 해도 짜릿했다.

그녀는 차동수와 나윤섭을 한 번에 정리해 버리는 수고로움을 감수하며 배우 장택근을 손에 넣은 자신의 결정이 결코 틀리지 않았다는 사실을 확인할 수 있었다.

*　　　*　　　*

"컷!"

김용우가 컷 사인을 외쳤다.

"장비 정리하고 소품 챙겨서 이동 준비해 주세요!"

조연출이 손으로 나팔 모양을 만들고는 고래고래 악을 쓰자 스태프들이 장비를 챙긴다고 분주하게 움직였다.

"괜찮으세요?"

바닥에 엎어져 있던 스턴트맨, 이상태를 일으키며 장택근이 물었다.

오늘은 하루 종일 강도 높은 액션 신의 연속이라 바짝 긴장한 채 촬영에 임해야 했는데 격한 촬영이 끊임없이 이어지자 집중력이 떨어져 그만 실수를 해버렸다. 덕분에 타이밍보다 일찍 주먹이 들어가 버렸다.

가뜩이나 무술 감독의 지시 탓에 아슬아슬한 간격으로 그의 손발을 피해내거나 맞아주던 스턴트맨들이 고생이었다. 이상태의 한쪽 볼이 금세 부어올랐다.

"어휴, NG 안 난 게 어딥니까."

부은 자리가 욱신거리는지 찡그린 얼굴로나마 이상태는 괜찮다고 말했다. 주변을 둘러보니 스턴트맨들의 얼굴이나 몸에 크고 작은 상처들이 있었다. 아무래도 날이 갈수록 높아지는 난이도의 격투에 그들도 꽤나 지친 모양이었다.

"죄송합니다. 이거라도……."

마침 추영훈이 달려와 시원한 캔 음료를 가져왔다. 차가운 캔을 대면 조금 나을까 해서 건네주니 이상태가 얼얼한 볼은 그대로 두고, 그대로 캔을 열어 들이켰다.

"아, 볼 좀 가라앉히라고 드린 건데."

"어흠, 볼보다는 목이 말라서……."

장택근이 캔으로 뺨을 문지르는 시늉을 하며 말하니, 이
상태가 무안한 얼굴을 해보였다. 장택근이 제 손에 쥐고 있
던 캔을 다시 건네주었다.

"얼굴에 좀 대고 있으세요."

이상태가 고개를 끄덕이고는 선선히 차가운 캔을 볼에
가져다 댔다.

"근데 오늘 뭐 안 좋은 일 있으세요? 좀 과격하기도 하고
집중도 잘 못하시는 것 같은데요."

아무래도 그간 보여주었던 호흡이 있는데 오늘따라 빨랐
다가 느려지고 간신히 촬영을 따라가는 장택근이 조금 이
상했던 모양이다. 하도 합을 맞췄더니 장택근이 평소와 다
르다는 것을 금세 눈치챘다.

"아, 조금 지치네요."

아닌 게 아니라 그의 얼굴에 피로한 기색이 가득했다. 게
다가 신경 쓸 일도 한두 개가 아니었던지라 피로가 바로 그
를 짓눌렀다.

이마를 손으로 쓸어내며 있는데 김용우 PD가 불쑥 끼어
들었다.

"많이 피곤하죠?"

"아, 김 PD님."

애매한 얼굴로 대답을 대신하니 김용우 PD가 다 안다는

듯한 얼굴로 그의 어깨를 두들겨주었다.

"저도 촬영 일정이 좀 빡세게 몰렸다는 건 알아요. 근데 이래야 후반에 편해요. 오늘 두 신만 더 찍으면 당분간은 이런 본격적인 액션 없으니까, 조금만 힘냅시다."

"힘내요!"

이상태도 주먹을 쥐어 보이며 그를 격려했다. 그들의 격려에 애써 다부진 표정을 지은 그가 고개를 끄덕이고는 이동 준비를 했다.

*   *   *

"이번 신은 정신 바짝 차리고 갑시다! NG 나면 다 같이 목매단다고 생각하고 가자고요!"

경기도의 한 폐차장에 자리를 잡은 촬영팀은, 김용우의 날이 선 말에 다들 마른 입술을 핥았다.

정체불명의 무리들과 추격전을 하다가 코너에 몰린 차승훈이 신기에 가까운 운전 실력으로, 폐차장에 상대를 하나하나 처박는다.

미리 이곳저곳에 충격을 완화할 폐타이어를 잔뜩 쌓아두고 대비를 했지만, 워낙에 고난도의 촬영이다 보니 까딱 잘못했다가는 대형 참사로 이어질 수가 있었다.

차량에 탑승한 스턴트맨들이 긴장한 얼굴로 핸들을 쥐었다 놓았다 하며 김용우의 사인을 기다렸다.

"신 76! 폐차장! 준비하시고!"

김용우의 눈이 빠르게 촬영장을 훑었다. 스턴트맨들과 높다랗게 쌓아 올려진 폐차의 잔해 위에 올라선 카메라팀의 오케이 사인을 보고는 입을 열었다.

"액션!"

부와아아앙

귀가 먹먹해지는 맹렬한 소음을 내뱉으며 차량들이 일제히 출발했다. 선두 차량의 꽁무니에 바짝 붙어 폐차장을 누비는 모습이 흡사 레이싱의 한 장면과도 같았다. 폐차와 타이어, 드럼통 따위의 자재로 장애물이 가득한 폐차장을 곡예라도 하듯 네 대의 차량이 달렸다.

아슬아슬하게 선두 차량을 쫓던 차량들이 잇따라 폐차장의 이곳저곳에 몸을 처박는다.

촬영을 지켜보고 있던 이들은 배우고 스태프고 할 것 없이 마른침을 꿀꺽 삼켰다. 기존에 클로즈업 신으로 촬영을 부분, 부분 작업한 바 있었지만, 이처럼 차량 네 대가 일제히 추격전을 벌이는 모습을 보니 절로 솜털이 곤두섰다.

게다가 폐차장의 이곳저곳에 슬쩍 들이받는 정도로 마무리되는 두 대의 차량과는 달리 선두 차량의 바로 뒤에 붙은

차는 디딤대를 밟고 허공을 날다가 꽤나 험난하게 처박혀
야 했다.

포인트에서 미리 대기하고 있던 카메라 감독이 다리에
힘을 바짝 주고 버텨 섰다. 저 멀리서 굉음을 내며 달려드
는 차량들을 보니 촬영이고 뭐고 던지고 그대로 도망가고
싶을 지경이었다.

후들거리는 다리에 힘을 바짝 주고 있으니 선두 차량이
빠르게 카메라 앵글을 스쳐 지나갔다. 그의 목울대가 꿀렁
이며 절로 마른침이 넘어갔다.

선두 차량을 뒤쫓고 있던 차량이 잡아먹을 듯한 기세로
그를 향해 달려온다. 선두 차량과는 다르게 곧장 카메라를
향해 달려드는 모습이 무시무시했다.

카메라 감독이 필사적으로 버티며 카메라를 돌리는데 차
량이 순간적으로 붕 떠올랐다. 디딤대를 막 통과한 모양이
다. 모래먼지를 내며 달리던 차가 허공을 가른다.

콰앙!

그리고는 곧장 굉음을 내며 폐차장의 한편에 준비해 두
었던 폐타이어 더미에 그대로 처박혔다.

"컷!"

촬영장의 이곳저곳에서 대기하고 있던 카메라 스태프들
이 김용우의 컷 사인에 안도의 한숨을 내쉬었다. 짧게 끊어

서 촬영하는 게 보통인 차량 추격전을 대담하게도 롱 테이크 촬영분으로 찍느라 간담이 서늘할 지경이었다.

자신의 코앞을 스쳐 가며 주행 중인 차량을 촬영한 스태프들은 차라리 나았다. 이곳저곳에서 충돌을 일으키다가 끝내 어딘가에 처박히는 차량을 찍어야 했던 이들은 정말 오줌을 지리지 않은 게 다행일 지경이었다.

그중에서도 가장 살이 떨린 것은 카메라 감독이었다. 하지만 그는 촬영팀의 최선임답게 가장 위험하고 살벌한 포인트를 맡아 촬영을 성공적으로 마무리 지었다.

"씨바, 두 번 찍었다가는 기저귀 찰 판이네."

카메라 감독이 그렇게 말하는데 사람들이 부산을 떨며 마지막에 가장 요란하게 마무리한 차량에 달려들었다.

"상태 씨! 괜찮아요?"

촬영 스태프 중 한 명이 그렇게 물으니 차량의 충돌 시에 꽤나 충격을 받았는지 정신이 없는 얼굴을 한 이상태가 고개를 끄덕이는 것으로 대답을 대신했다.

"어땠어요? 잘 나왔어요? NG 아니죠?"

뒤늦게 정신을 차린 이상태가 속사포처럼 묻자 스태프들이 하나같이 엄지를 추켜올렸다.

"잘했어요. 완전 퍼펙트."

그 말에 안도하는 표정이 된 이상태가 힘이 빠진 얼굴로 차량의 시트에 몸을 기댔다.

"어디 아픈 데는 없죠?"

이상태가 그 말에 어깨를 돌리고 목을 꺾어 보았다.

"음, 괜찮은 것 같은데요. 진단서 끊어올까요?"

마치 사고 차량의 운전자라도 되는 양 농담까지 하는 모습이 이제는 완전히 평상심을 찾은 기색이었다. 스태프들이 일제히 박수를 쳐 주었다.

"큼큼. 이거 무슨 냄새야?"

한참 그렇게 고난도의 촬영이 사고 없이 잘 마무리되었다는 사실에 자축하고 있는데 스태프들 중 하나가 코를 킁킁거렸다.

"어? 휘발유 냄샌데?"

누군가의 말에 촬영장의 공기가 뒤바뀌어 버렸다. 방금 전까지 박수를 치며 호들갑을 떨던 모습은 온데간데없고, 사람들의 얼굴이 굳었다.

"어? 진짜네. 이 차 터지는 거 아니죠?"

이상태가 짐짓 태연한 척 농담을 지껄이고는 안전벨트를 풀어내려는데 철컥거리는 버클음만 들리고 벨트가 풀리지 않았다.

"어? 어? 어?"

순간적으로 당황한 이상태가 계속해서 벨트를 풀어보려

시도했지만, 일반 차량과는 다르게 완전하게 온몸을 고정시킨 레이싱시트가 풀리지를 않았다.

"상태 씨, 장난치지 말고. 빨리 내려."

그의 당황한 모습에 스태프들이 잔뜩 굳은 얼굴로 다가오는데 멀리서 정 무술 감독이 뛰어왔다.

"얌마, 쇼 그만하고 빨리 내려. 뭐 하는 거야!"

평소 뺀질거리는 성격의 그를 잘 알고 있던 터라 무술 감독이 호통을 치는데 평소라면 장난을 치다가도 호통 소리에는 목을 움츠리던 그가 울상을 치어보일 뿐이었다.

"감독님, 이거 고장 났는데요?"

그 말에 얼굴이 돌처럼 딱딱하게 굳은 무술 감독이 운전석 차창 안으로 몸을 들이밀고는 버클을 풀어보았다.

"어? 진짜네?"

무술 감독의 말에 이상태의 얼굴이 경직되는데 꽤나 멀리서 슬그머니 소화기를 들고 차량을 둘러싸고 있는 스태프들의 모습이 보였다.

"감독님!"

그 모습에 순간적으로 패닉을 일으킨 이상태가 온몸을 버둥거리며 버클을 풀어내려고 난리를 쳤다.

"안 터져! 안 터져! 안 터져, 이 새끼야!"

무술 감독이 그의 머리통을 세게 후려쳤다. 꽤나 과격한 손놀림이었던지라 잠시 공황상태에 빠져들 기미를 보이던 이상태가 바로 진정을 했다.

"어휴, 겁도 많은 새끼가 무슨 스턴트를 하겠다고. 이 새끼야, 이게 영화냐? 차가 그렇게 쉽게 터지게?"

버클의 한가운데를 만지작거리며 무술 감독이 핀잔을 주니, 이상태의 얼굴에 민망하다는 기색이 잔뜩 떠올랐다.

"어? 너 이 새끼. 시동 왜 안 껐어!"

무술 감독의 말에 이상태가 아차 하는 얼굴이 되었다. 이런 차량 충돌 신 직후에는 바로 시동을 꺼야 혹시 모를 사고를 막을 수가 있었다.

그런데 이번 촬영은 온 신경을 곤두서게 만들 정도로 고난도의 운전 실력이 요구되는 장면이었다. 덕분에 긴장을 바짝 하고 있다가 연이은 충돌 충격까지 겪고 나자 순간적으로 제정신이 아니었다.

이상태가 잘못했다는 표정으로 고개를 숙이고 있는데 예상했던 무술 감독의 호통이 들리지 않았다. 슬그머니 고개를 드니, 무술 감독의 얼굴이 잔뜩 굳어져서 차량 뒤편을 바라보고 있었다.

"감독님, 잘못했어요."

눈치도 없이 사과를 해오는 이상태의 모습에 무술 감독이 굳은 얼굴을 하고 있다가 다급하게 외쳤다.

"칼! 칼 있는 사람!"

평소 호통은 쳐도 당황한 모습은 한 번도 보이지 않던 무술 감독이다. 이상태가 뒤늦게 사태의 심각성을 깨닫고 하얗게 질렸다.

"감독님! 꺼내주세요! 익! 익!"

온몸을 비틀며 벨트를 풀어내려고 시도하지만 벨트는 여전히 요지부동이었다. 점점 짙어지는 휘발유 냄새에 스태프들이 웅성거리며 조금씩 차량으로부터 물러났다.

"누가 좀 도와달라고!"

무술 감독의 말에 스턴트맨 몇이 뛰어왔지만 그들 몇이 뛰어들었다고 상황은 변하지 않았다. 휘발유 냄새 가득한 현장에서 사람들이 그렇게 발만 동동 구르고 있는데 장택근이 사고 차량을 향해 달려갔다.

"잠깐만 비키세요!"

충돌 시에 망가진 탓에 열리지 않는 운전석의 문이다. 창문 사이로 몸을 들이밀고 난리를 치던 사람들이 장택근의 말에 분분히 물러섰다.

"어? 택근 씨?"

겁을 집어먹고 눈물이 그렁그렁해진 이상태가 장택근을 보고 눈을 동그랗게 떴다. 장택근은 그 공포 가득한 눈동자를 보며 이를 악물었다. 등짝의 한편이 화끈 달아올라 욱신거리기 시작했다.

"가만히 있어 봐요."

그렇게 말한 그가 벨트를 양손으로 움켜잡았다. 그의 팔
뚝 위로 힘줄이 잔뜩 돋아나기 시작했다.

7장

키스신

순간적으로 우직 소리가 날 정도로 강한 힘이 가해졌지만, 이상태를 옭아매고 있는 벨트는 일반 벨트도 아니고 레이싱 카에서나 볼 법한 벨트다. 아무리 육체가 남다른 장택근이라도 벨트를 끊어내는 건 무리였다. 잠시 힘을 쏟아내던 장택근이 벨트의 버클을 움켜쥐었다.

와작.

도대체 장택근이 뭘 하나 멍하니 바라보고 있던 이상태가 눈을 동그랗게 떴다. 그가 벨트를 잡아당겼을 때와는 확실하게 다른 느낌이었다. 무언가 벌어지는 듯한 느낌이 들었다. 턱을 가슴에 붙이고 버클을 보니, 장택근의 손가락이 버클의 플라스틱 부분을 우그러뜨리고 들어가 있었다.

"어? 어?"

장택근의 말도 안되는 괴력에 놀란 그가 헛바람 빠지는 소리만 내는데 장택근이 이를 더욱 악물었다. 까드득거리는 소리가 장택근의 이가 갈리며 나는 소리인지, 그도 아니면 버클이 파손되며 들리는 소리인지 도통 구분할 수가 없었다.

"택근 씨. 잠깐만 나와 봐!"

버클의 이음새가 눈에 띄게 흔들리는데 누군가가 장택근을 끌어냈다. 그리고는 투박한 절단기를 밀어 넣고는 벨트를 잘라냈다.

"좀만 참아!"

갑작스레 고개를 들이민 이는 무술 감독이었다. 어디서 구해왔는지 절단기를 가져와서 벨트를 잘라내는데 그렇게도 사람들을 애태웠던 벨트가 너무도 쉽게 잘렸다.

"나와!"

벨트가 잘리기가 무섭게 이상태는 무술 감독의 도움을 받아 차량 밖으로 탈출할 수 있었다.

뒤도 돌아보지 않고 차량에서 한참이나 벗어난 그가 바닥에 주저앉아 숨을 몰아쉬었다. 무술 감독이 절단기를 바닥에 내팽개치고는 그의 머리통을 후려쳤다.

"야이 새끼야! 내가 시동은 바로바로 끄라고 했어! 안 했어!"

그 우악스러운 손길에도 이상태는 아픈 것도 모르고 길게 숨만 내쉬었다.

무술 감독도 어지간히 놀랐을 그의 심정을 헤아려 더는 잔소리를 하지 않았다. 잔소리를 하더라도 일단 숨은 돌리고 할 모양이었다.

금세 스턴트맨 식구들이 달려와 그의 주변을 둘러쌓고는 호들갑을 떠는데 이상태는 여전히 창백한 낯빛으로 그들의 말을 건성건성 받아주었을 뿐이었다.

"어휴, 조금만 일찍 와주시지. 그건 대체 어디서 구하셨데요."

어느 정도 정신을 차린 이상태가 투덜거리는데 뭐라 한마디 해주려던 무술 감독은 그 눈빛을 보고 도로 입을 다물었다. 제 딴에는 태연한 얼굴을 해보인다고 했겠지만 여전히 불안하게 떨리는 눈동자는 그가 결코 정상적인 상태가 아님을 알려주었다.

이렇게 한 번씩 사고가 날 때마다 유망한 스턴트맨이 연기를 그만두었다. 주연보다 더 빛나는 대역이라며 서로를 치켜세워주며 자부심을 드러내던 이들이었지만, 당장 생명의 위협을 받고 나서 다시 차를 들이받고, 불구덩이로 뛰어들고, 또 아찔한 높이에서 몸을 날릴 수 있는 이들은 드물었다.

"괜찮으세요?"

그렇게 그들이 서로의 시선을 외면하며 딴청을 피우고 있는데 장택근이 그들 사이로 끼어들었다.

"오, 택근 씨. 아까는 고마웠어요."

무술 감독이 아직까지 정신이 없는 이상태를 대신해 감사의 인사를 꺼내는데 그 눈빛에 전에 없는 호의가 담겨 있었다. 막상 상황을 해결한 것은 자신이었지만, 휘발유가 새는 위험한 상황에서 망설임 없이 달려와 준 것만으로도 그에 대한 깊은 신뢰가 생기는 건 당연한 일이었다.

당장 다른 스태프들은 멀찌감치 서서 소화기를 들고 가까이 다가오지도 못하지 않았던가. 제 목숨이 달린 일이니만큼 그들에 대한 원망이 있는 것은 아니었지만 아무래도 조금의 서운한 마음조차 없다는 건 거짓말이었다.

그러다 보니 당연하게도 액션팀의 식구가 아닌 사람 중에 유일하게 도움을 주려 했던 장택근이 기껍지 않을 수가 없었다.

"뭘요. 한 것도 없는데요."

장택근이 민망한 얼굴로 뺨을 긁적였다. 막상 돕겠다고

달려갔지만 아무것도 한 게 없었던 지라 그는 꽤나 부끄러운 모양이었다.

이상태는 그런 장택근을 바라보며 생각에 잠겼다. 중간에 무술 감독이 절단기를 구해 와서 일이 싱겁게 해결되었지만, 무술 감독이 중간에 끼어들지 않았어도 왠지 장택근이 무언가를 보여줬을 것만 같았다.

"상태, 인마! 감사하다고 빨리 말 안 해?"

그 말에 후딱 정신을 차린 이상태가 몸을 일으키고는 감사 인사를 했다.

"그리고 차에 기름 딱 맞춰서 넣어둬서 어차피 차가 폭발하진 않았을 거라네요."

그러고 보니 이런 차량 충돌 신에 쓰이는 차에는 항상 기름을 빠듯하게 넣어 혹시 모를 발화 사고를 대비했었다. 이번에도 당연히 그리 조치했었을 텐데 휘발유 냄새에 벨트까지 고장 나자 사람들이 순간적으로 패닉을 일으킨 모양이었다.

그렇게 잠시나마 사람들을 아찔하게 만들었던 사고는 그저 해프닝으로 마무리가 되었다.

"어라? 이거 좌석 벨트 액션팀에서 개조했죠? 중국산을 쓰니까 이렇게 고장을 내는 거 아닙니까!"

차량의 상태를 체크하던 스태프 하나가 스턴트맨 하나에게 말했다.

"그냥 순 정품 쓰세요. 순 정품. 이게 뭡니까. 다 바스라져서."

절단기에 흉물스럽게 잘려 나간 벨트를 꺼내 보이며 스태프가 핀잔을 주는데 웬일인지 절단기로는 손도 대지 않았던 버클이 잔뜩 파손되어 있었다.

마침 차량 주변을 맴돌던 이상태가 그들의 대화를 듣고는 아연실색한 얼굴이 되어 장택근을 눈으로 좇았다. 추영훈에게 뭔가 잔소리라도 듣고 있는지 곤란한 얼굴을 하고 있는 그의 모습을 바라보던 이상태가 스태프가 내팽개친 벨트의 버클과 그를 번갈아 바라보았다.

*　　　　*　　　　*

"이래도 되는 겁니까?"

장택근이 기도 차지 않는다는 얼굴로 묻자 김용우 PD와 무술 감독이 고개를 끄덕였다.

"어차피 드라마가 살아야 여기에 매달린 스태프들이 다 살아요. 그러니까, 너무 그렇게 곤란한 얼굴 하지 말라니까요."

김용우의 말에 장택근이 저도 모르게 무술 감독의 눈치를 살폈다. 그의 시선에 무술 감독이 부드러운 얼굴을 해보였다.

"어차피 내가 구했든 누가 구했든, 택근 씨가 그 상황에서 상태 놈을 구하겠다고 달려온 건 사실이잖아요. 뭘 그렇게 죄지은 얼굴을 하고 있어요?"

그의 말투가 정말로 아무렇지도 않아보여 장택근이 와락 인상을 썼다.

그의 손에 쥐어진 신문에는 "'체크메이트' 대형사고 위기, 장택근이 구해내" 하는 헤드라인의 기사가 대문짝만 하게 나와 있었다. 기사에는 낯부끄럽게도 전날의 사고를 수습한 것이 장택근이라고 나와 있었는데 기사의 본문은 제작진이 흘린 정보를 토대로 작성되었단다.

게다가 언제 찍었는지 차량에 머리를 들이밀고 용을 쓰는 장택근과 그 주변을 둘러싼 스태프들의 모습이 사진에 담겨 있었다.

"그냥 편하게 생각합시다. 아무것도 아닌데 그렇게 과민하게 굴면 뭐가 달라진답니까."

지난 사건 이후로 부쩍 그를 바라보는 눈빛이 부드러워진 무술 감독이 그렇게 말하니 김용우가 그의 말을 거들었다.

"그냥 드라마 홍보라고 생각하고 눈 딱 감고 넘어가요."

그들이 하도 간곡하게 부탁을 하니 결국 장택근도 두 손

두 발 다 들고 말았다. 그나마 중간에 촬영장을 찾아온 기자와의 인터뷰만큼은 다른 이들에게 돌릴 수 있었는데 사진이 몇 장 찍히는 것만큼은 어쩔 수가 없었다.

그리고 다음 날, 누가 찍었는지 모를 동영상과 함께 위기에 빠진 단역배우를 구하기 위해 온몸을 던진 장택근에 대한 기사가 각종 포털사이트의 메인 기사로 올라갔다.

차를 둘러싼 채 전전긍긍하고 있는 사람들 사이로 장택근이 뛰어들어간다. 그리고 이내 분분히 비켜주는 사람들을 뒤로 하고 한참이나 차량에 달라붙어 있는 장택근의 모습이 절박했다.

"물러나! 터진다!"

누군가가 그렇게 외치니 소화기를 들고 대기하고 있던 스태프들이 일제히 뒷걸음질을 쳤다. 마치 차량이 터질까 봐 무서워서 물러나는 듯한 모습이었다.

"됐다!"

"벨트가 끊어졌어!"

화면이 바뀌어 바닥에 주저앉아 있던 이상태에게 다가서서 뭐라고 말을 하는 장택근의 모습이 흘러나왔다. 이상태가 고개를 숙이며 감사 인사를 표하는 모습도 카메라에 여지없이 찍혀 버렸다.

덕분에 모르는 사람이 보면 정말로 장택근이 이상태를

구해냈다고 생각할 만한 광경이었다.

"그러라고 저렇게 편집한 건데요."

김인숙의 말에 장택근이 쓴웃음을 지었다. 추영훈을 통해 이미 대부분의 일을 보고 받은 그녀는 한참이나 잔소리를 해댔다. 몸값은 생각도 하지 않고 무작정 위험에 뛰어들었던 그의 태도를 두고두고 씹어댔다.

"택근 씨가 홀몸이에요? 그러다 중간에 잘못되기라도 하면 회사는 어떻게 하라고!"

그 잔소리가 얼마나 신랄한지 곁에서 같이 이야기를 듣고 있던 추영훈마저 슬그머니 자리를 피했다.

그렇게 소속 배우로서의 자각과 자세에 대해 일장연설을 토해내던 그녀는 한참이 지나서야 간신히 진정을 했다. 그리고는 정신을 차린 그녀가 주어진 모든 상황을 이용해 최대한의 결과를 이뤄낸다라는 그녀의 모토답게 이미 나간 기사에 몇 줄을 추가했다.

영화 '도살자'의 살인마, 알고 보니 정의의 슈퍼맨?

보기만 해도 낯이 뜨거운 기사가 바로 그녀의 작품이었다. 대담하게도 영상 편집까지 동원한 그녀 덕분에 대한민국은 난리가 났다.

사정을 모르는 네티즌들은 장택근의 용기 있는 행동을 극찬했고, 또 침착하게 상황에 대처한 스태프들을 칭찬했다.

'장필수 개과천선 했나 본데. 갑자기 덕을 쌓네.'
'휘발유 냄새가 현장에 가득했다는데 언제 폭발할지 모르는 상황에서 정말 용기 있는 행동을 보여줬네요. 정말 감탄스럽습니다.'
'님들, 차 그렇게 쉽게 안 터짐. 그냥 생소한 거임.'
'차가 터지든 안 터지든 용기 있는 행동인 건 맞음.'

기사에 대한 반응은 거기에서 끝이 나지 않았다. 장택근의 선행으로 쏠린 이목이 자연스럽게 드라마에 대한 관심으로 쏠렸다.

'대체 얼마나 대단한 카체이싱이길래 이런 사고가 남?'
'예고편 봤을 때부터 액션이 좀 쩔더니, 진짜 엄청 공 들이나 봄.'

대부분의 사람이 얼마나 고난도의 촬영을 강행하고 있길래 이런 사고가 생긴 것인지 호기심이 생긴 모양이었다. 각종 포털사이트에 드라마 '체크메이트'의 1차 홍보 영상이 마구 업로드되기 시작했다.

　절벽에 서 있던 윤신애의 재기작.

　살인마 장필수의 화려한 컴백!

　그리고 당연하게도 주연배우에 대한 관심이 어마어마하게 커졌다.

　덕분에 신난 것은 김용우 PD와 제작진이었다. 아직 시작도 안 한 드라마에 대한 기사로 연일 포털사이트의 메인이 장식되고 있으니 그들의 입장에서 어찌 신바람이 나지 않으랴.

　안전 점검에 대한 미비로 국장에게 한소리를 들었던 것이 엊그제 같은데 해당 사건마저도 마케팅으로 승화시켜버리고 나니 이제는 국장마저도 흡족한 눈치였다.

　안 그래도 요즘 선전 중인 경쟁사의 드라마가 여간 신경 쓰였던 것이 아닌 모양인데 이제 와서는 은근히 이런저런 방법으로 김용우를 밀어주며 홍보에 더욱 신경을 쓰도록 장려했다.

　그렇게 다들 만족스러운 결과를 얻었는데 유독 장택근만이 마음이 불편했다. 자신이 하지도 않은 일로 사람들이 칭찬을 하고, 또 이름이 오르락내리락하니 마치 죄라도 지은 것 같은 기분이었다.

─어쨌든 택근 씨 이름 팔아서 모두가 행복해졌으니 해 피엔딩 아니야?

답답한 심정을 토로하고자 이지원에게 전화를 걸었더니 그녀는 뭘 그런 걸 다 신경 쓰냐는 듯한 눈치였다.

─그보다 미쳤어? 그러다 큰일 나면 어떻게 하려고 거길 뛰어들어!

나중에 가서는 스스로의 안위를 돌보지 않은 그의 행동 에 대한 질책만 잔뜩 늘어놓다가 전화를 끊어버렸다.

아무도 자신의 속을 알아주지 않자 장택근은 한숨을 내 쉬었다. 사람들의 말대로 좋은 게 좋은 거라고 그냥 넘어가 면 되는 건데도 스스로가 과민하게 구는 것인지 이제는 헷 갈릴 지경이었다.

그저 모두가 좋으면 다 좋은 거라는 사람들의 말도 이해 가 갔지만 촬영장을 오가는 사람들의 시선이 부담스러웠 다. 사정 뻔히 아는 그들이 그런 생각을 할 리는 없겠지만 괜히 자신이 꼭 무슨 거짓말이라도 한 것 같은 기분이 들어 사람들의 시선을 저도 모르게 피하게 되었다.

"수고했어요."

지금도 짤막한 신을 촬영하고 자리로 돌아가는 자신에게 건네주는 스태프의 인사가 꼭 자신을 비꼬는 것처럼 들리기까지 했다.

괜한 생각이라는 것을 알고 있었지만 꼭 컨닝해서 만점 받고 그걸로 사람들의 칭찬을 받는 기분이라 영 기분이 좋지 않았다. 하지만 언제까지고 그렇게 어깨를 움츠리고 있을 수도 없어 그가 애써 담담한 얼굴로 어깨를 폈다.

"어깨 펴. 이제 곧 신애 씨랑 그 신이잖아. 그렇게 얼굴 굳어 있으면 사람들이 오해한다?"

곁에 있던 추영훈의 말에 장택근이 문득 정신을 차렸다.

그러고 보니 오늘은 윤신애와의 촬영이 있는 날이었다. 크고 작은 액션 신을 대부분 촬영을 끝낸 지금 시점에서 남은 장면이라고는 그녀와의 핑크빛 이야기뿐이라 장택근의 얼굴에 당혹스러운 기색이 떠올랐다.

저 멀리서 볼을 발그레하게 물들인 윤신애가 자신을 힐끗거리다가 시선이 마주치자 후딱 고개를 돌리는 모습이 보였다.

"어떻게 하냐. 신애 씨, 완전 기대하는 얼굴인데."

옆에서 이죽거리는 추영훈의 말투가 너무도 얄미워 인상을 찡그리는데 그가 다시 한 번 놀리듯이 말했다.

"가글 줄까?"

농담 반 진담 반으로 하는 말인지 정말로 푸른색 액체가 그득한 플라스틱 병을 건네주는데 장택근은 얼결에 그걸 받아들었다. 그는 잠시 멍한 얼굴로 자신의 손에 들린 플라스틱 용기를 바라보다가 와락 인상을 찡그렸다.

*　　　*　　　*

"분위기 묘하지 않냐?"

김용우 PD의 말에 조연출이 고개를 끄덕였다.

"조금 묘하긴 한데요?"

"그치? 그치? 뭔가 막 가슴이 간질거리고 설레는데?"

김용우가 그렇게 호들갑을 떨며 촬영장의 한가운데 선장택근과 윤신애를 바라보았다. 아직 촬영은 시작도 안 했건만 둘 사이에 흐르는 미묘한 기운에 벌써부터 카메라를 돌리고 싶어 온몸이 근질거렸다.

"쩝. 이거 그림 좀 나오겠는데."

원래부터 청초한 윤신애가 뺨을 발그레하게 붉히고 있으니 남자들의 보호 본능을 자극하는 무언가가 마구 느껴졌다.

"흐흐, 빨리빨리 좀 준비시켜."

조연출을 닦달하는 김용우의 얼굴이 음흉했다. 조연출이 그런 김용우를 보고는 뜨악한 얼굴을 해보이다가 이내 손을 입가로 모으고 외쳤다.

"준비되셨으면 신 64번! 촬영 들어갑니다!"

조연출의 말에 윤신애와 장택근이 화들짝 놀랐다.

"음. 신애야, 긴장하지 말고."

장택근이 마른침을 꿀꺽 삼키며 말하는데 도통 그녀의 얼굴을 똑바로 바라보지를 못하고 있었다. 윤신애 역시 시선을 잔뜩 내리깔고는 수줍게 대답했다.

"오… 오빠가 더 긴장하고 있는 것 같은데요?"

그녀의 말마따나 장택근의 얼굴은 긴장을 넘어서 돌처럼 굳어 있었다. 연기 경력이라고 해봐야 살인마와 킬러를 했던 게 전부인 그였다. '체크메이트'를 찍으며 윤신애와 제법 달달한 로맨스 라인을 타긴 했지만 키스 신은 처음이었다.

당연히 긴장하지 않을 수가 없는 상황이었다. 게다가 상대는 친동생처럼 아끼는 윤신애. 뭔가 미묘한 긴장감과 배덕감에 정신을 차릴 수가 없었다.

"준비하시고오!"

마음의 준비를 할 사이도 없이 김용우가 시작을 알리려고 했다. 서둘러 자리를 잡으며 장택근이 표정을 가다듬었다. 방금 전까지 긴장감에 굳어 있던 장택근은 사라지고 그 자리를 냉철한 정부 요원 차승훈이 대신했다.

윤신애의 표정 역시 방금 전과 미묘하게 달라졌다.

배우들의 준비가 끝나자 길게 이어지던 김용우의 준비 사인이 짧게 끊어졌다.

"액션!"

차승훈과 장한나는 서로를 마주 바라보았다. 눈빛에 담겨 오가는 그 미묘한 감정에 마치 자석이 이끌리듯 두 사람의 얼굴이 가까워진다. 장한나의 눈이 감긴다. 그리고 마침내 그녀의 분홍빛 입술에 사내의 입술이 닿는다. 파르르 떨리는 눈동자와 움찔거리며 굳어버린 몸을 한 그녀가 수줍게 그의 입술을 받아들인다.

"컷!"

김용우의 컷 사인이 떨어졌다. 바짝 붙어 있던 두 사람이 그 서슬에 놀라 후다닥 서로에게 떨어져 나갔다.

"아니, 아니. 신애 씨! 눈을 왜 감아요! 대본 못 봤어요? 대본에 뭐라고 쓰여 있어요! 차승훈의 입술이 부드럽게 장한나의 입술을 감싼다. 첫 키스에 놀란 장한나는 눈을 동그랗게 뜨고 차승훈을 바라보다가 이내 눈을 감고 그를 받아들인다. 여기 이 부분! 눈을 뜨고 있다가 나중에 감아야지!"

김용우의 말에 윤신애가 새빨갛게 달아오른 얼굴로 고개를 숙였다.

"죄송합니다!"

"지금은 마치 기다린 것 같잖아요! 아무리 키스 신이 좋아도 그렇지, 그렇게 노골적이면 쓰나!"

김용우의 장난스러운 말에 두 연기자를 둘러싸고 있던 스태프들이 일제히 웃음을 터뜨렸다.

"그럼 감정 잡으시고, 바로 들어갑니다!"

김용우가 다시 시작을 알리고 두 남녀가 입술을 맞댔다.

"컷!"

다시 한 번 김용우의 컷 사인이 떨어졌다.

"신애 씨! 눈 너무 빨리 감았잖아요! 이렇게, 놀란 눈으로 바라보다가 천천히 눈을 감아야지! 빨라도 너무 빠르잖아요!"

카메라가 다시 돌고 김용우가 컷 사인을 외쳤다.

"아니, 택근 씨는 왜 그렇게 굳어 있어요! 그게 지금 사랑하는 여인과 키스하는 남자의 얼굴이에요?"

"다시! 다시! 신애 씨 왜 그 손은 또 택근 씨 허리에 가 있어요! 그냥 양손 늘어뜨리고 수줍게 키스를 받아야지!"

"스탑! 두 사람 키스 신 처음이에요? 대체 왜 그렇게 어색해! 아, 처음이라고요? 그래도 그렇지 사람들이 키스 한 번 제대로 안 해봤나!"

"그게 초등학생 뽀뽀지 키스야!"

대체 몇 번이나 NG가 났는지 김용우의 제스처가 점점 다채로워지다가 급기야는 촬영장의 한가운데로 뛰어와 시범까지 보였다.

"봤죠! 이렇게 하라고!"

김용우가 호들갑을 떠니, 얼결에 자신의 입술을 내어준 조연출이 찝찝하다는 얼굴로 입술을 마구 문질렀다.

"얀마! 나도 남자 싫어!"

뒤늦게 조연출을 타박한 김용우가 제자리로 돌아가는데 스태프들이 수군거렸다.

"저거 지금 일부러 그러는 거 아니야?"

"네가 보기에도 좀 그렇지?"

이제까지 그 어려운 액션 신까지 별다른 NG 없이 소화를 해낸 장택근이었다. 윤신애 역시 탄탄한 기본기 탓에 이제까지 별 지적을 받지 않았었는데 그간의 촬영에서 받은 지적보다 더 많은 지적을 오늘 하루 만에 받고 있었다.

"음. 신애 씨 쪽이 좀 적극적인 것 같은데."

"내가 볼 때도 그렇구먼. 신애 씨가 보다 적극적이고 격렬하게 NG를 내고 있는 것 같구먼."

음흉한 미소로 서로를 바라보던 스태프들이 장택근과 윤신애를 번갈아 바라보았다.

"오빠, 미안해요."

윤신애가 고개를 숙인 채 사과를 하는데 목까지 빨갛게 달아올라 있었다. 그 모습에 차마 뭐라고 할 수도 없어 장택근은 작게 한숨만 내쉬었을 뿐이다. 처음에는 키스 신 자체에 대한 민망함이 컸다지만 지금에 와서는 NG가 너무 많이 나자 사람들 보기에 민망할 지경이었다.

"스태프들 피곤해. 우리 이번에는 진짜 한 번에 가자!"

말이야 스태프들이 잦은 NG에 피곤할 거라 했지만, 자꾸만 늘어지는 촬영에도 스태프들의 얼굴은 기이할 정도로 가벼웠다.

짜증 하나 내는 사람 없이 뭔가를 자꾸만 기대하는 표정으로 자신들을 바라보는지라 여간 부담스러운 게 아니었다.

반짝거리는 눈망울을 보면 꼭 NG를 기다리는 사람들 같았다.

"네, 노력할게요."

윤신애가 대답하기가 무섭게 김용우의 시작 사인이 떨어졌다.

입술이 닿는다. 동그랗게 뜨여 있던 눈이 서서히 감긴다. 그리고 그녀의 온몸이 파르르 떨린다.

'어?'

장택근은 순간적으로 몸을 굳혔다. 포개어진 입술 사이

로 무언가가 슬쩍 닿은 탓이었다. 그 간질거리는 느낌이 꽤나 야릇해서 그는 저도 모르게 입술을 움찔거렸다. 물컹하고 촉촉한 무언가가 그런 그의 윗입술과 아랫입술 사이를 슬쩍 스쳐 갔다.

"컷!"

김용우의 컷 사인에 윤신애가 천천히 그에게서 떨어져 나갔다. 이제까지와는 다르게 뭔가 아쉬움이 남아 무심코 그녀를 따라가려던 장택근이 화들짝 놀라 그대로 멈춰 섰다.

"좋아! 잘하잖아! 이렇게 잘하는데 왜 그랬을까. 일부러 그랬나."

김용우의 능글맞은 말에 스태프들이 와 하고 웃음을 터뜨렸다. 윤신애가 수줍은 얼굴로 고개를 숙여 보이고는 도망치듯 촬영장을 빠져나가는데 그녀의 코디네이터가 언니, 언니 하며 그녀를 따라가는 것이 보였다.

장택근은 홀린 듯이 그녀의 뒷모습을 쫓다가 불쑥 끼어든 김용우 PD의 말에 정신을 차렸다.

"너무 좋아하는 거 아니에요?"

놀리는 기색이 역력한 그의 말에 난감한 얼굴을 해보이니 김용우가 수고했다며 그의 어깨를 두들겨 주었다.

"자! 오늘은 여기서 마무리합시다!"

김용우가 그렇게 말하니 스태프들이 화색을 띠고 좋다고 촬영장을 정리하기 시작했다. 그 사이에 홀로 선 장택근은 아직까지 선명하게 남은 그 촉촉하고 보드라운 감촉에 입술을 어루만졌다.

*　　　*　　　*

"택근 씨, 나한테 잘해."

아직까지 뭔가에 홀린 듯이 멍하니 있던 장택근이 추영훈의 말에 뒤늦게 정신을 차렸다.

"네? 뭐라고 했어요?"

미처 이야기를 제대로 듣지 못한 것인지 되묻는 그의 얼굴이 묘하게 상기되어 있었다.

"나한테 잘하라고. 안 그러면 오늘 일 지원 씨한테 다 고자질한다."

웃음기 가득한 추영훈의 말에 장택근이 정색을 했다.

"에이… 일인데요, 뭐. 지원이도 이쪽 일 하는데 설마 이해 못할까요."

"택근 씨가 모르는구나. 이쪽 커플들 보면 이런 걸로 꽤 자주 싸워. 보면 자기는 되는데 상대는 안 된다고 화를 버럭버럭 내던데."

추영훈의 말이 꽤나 그럴싸한지라 장택근이 뒤늦게 식은 땀을 흘리는데 그가 한마디를 더 얹었다.

"그리고 보통 싸움의 격렬함은 NG의 횟수에 비례한다고 하더라고. 오늘 몇 번이나 냈더라? 한 아홉 번 냈나?"

그 말에 장택근이 와락 얼굴을 찡그렸다.

"형! 장난치지 말아요!"

평소 장난을 잘 받아주던 장택근이 오늘은 몇 번이나 정색을 해 보인다. 추영훈이 룸미러로 힐끗 그를 바라보며 장난기 쏙 빠진 음성으로 물었다.

"알았어. 근데 택근 씨도 알지?"

그가 또 무슨 소리를 할까 인상부터 썼던 장택근이 진지하기만 한 그의 음성에 룸미러를 바라보았다. 조그만 룸미러를 통해 보이는 그의 눈빛이 드물게 깊고 진지했다.

"신애 씨가 택근 씨 좋아하는 거."

이미 지난 회식 자리의 일로 열애설이 터질 뻔한 적이 있었다.

김인숙이 빠르게 손을 써 기사화가 되는 것만큼은 막았지만 열애설을 떠나서 윤신애가 장택근을 좋아한다는 소문은 이미 파다하게 퍼진 상태였다.

하물며 오늘만 해도 윤신애는 본래 연기력에 비해 과할 정도로 실수를 많이 했다. 아무리 키스 신이 연기자들을 애먹이는 민망한 촬영이라고 하지만 오늘은 조금 노골적이지 않았나 싶을 정도였다.

촬영장에 있던 스태프들은 물론 관계자들까지 그렇게 생각할 지경이었으니 사실 호흡을 맞춘 장택근이 모른다는 것은 말이 되지를 않았다.

"뭐, 연애사야 택근 씨 일이니까 신경은 안 써. 택근 씨가 아이돌도 아니고 요즘 시대에 그런 거 터치하는 기획사도 드무니까."

추영훈의 말에 장택근이 고개를 끄덕였다.

"대신 중심은 똑바로 잡아야 한다는 건 기억해 둬. 아무래도 그런 쪽으로 기사 몇 번 나가면 광고주들도 꺼려하거든. 택근 씨야 남자라 그렇다고 치지만 여배우들한테는 꽤 타격이 커. 게다가 신애 씨처럼 이제 막 재기하려는 입장에서는 기사 한 줄에 곤두박질치고 바닥을 구르는 수가 있어."

구구절절이 맞는 말이라 장택근은 아무런 대답도 하지 못했다. 룸미러로 힐끔 뒤를 살펴본 추영훈은 장택근이 제대로 자신의 말을 알아들은 듯하자 다시 장난스럽게 말했다.

"그래도 부럽기는 하다. 신애 씨 같은 미녀랑!"

금세 호들갑을 떠는 추영훈의 모습에 장택근이 피식 미소를 짓기는 했지만 마음은 가볍지 않았다.

윤신애의 감정도 불편했지만 그보다 더욱 불편한 것은 아직까지 입술에서 사라지지 않는 그 기묘한 감촉이었다.

드르륵.

그 순간 휴대폰이 진동을 했다. 액정에 떠오른 이지원이라는 이름에 장택근이 소스라쳤다. 괜히 잘못한 것도 없는데 몸이 굳었다. 아니, 따지고 보면 잘못한 게 있기는 있었지만 그는 필요 이상으로 놀라버렸다.

"여… 여보세요?"

애써 담담한 어투로 전화를 받으니 오늘따라 바짝 날이 선 듯한 이지원의 음성이 들려왔다.

―촬영 끝났어?

"어, 방금. 이제 영훈이 형 차 타고 돌아가는 길이야."

괜스레 입이 바짝바짝 말랐다. 장택근이 마른 입술을 축이는데 그녀가 먼저 선수를 쳤다.

―오늘 키스 신 찍었다며.

역시나 돌리는 법 없는 그녀의 화법에 그가 짐짓 아무렇지도 않은 척 대답했다.

"응. 오늘 장한나랑 차승훈이 이뤄지는 장면이었거든."

애써 차승훈과 장한나라고 강조를 하는데 휴대폰 너머에서 한참이나 대답이 없었다. 그 침묵이 너무도 불편해 그는 뭐라도 말을 꺼내려는 데 입이 딱 붙은 듯 떨어지지 않았다.

─그래? 잘 찍었어?

한참이나 뒤에 들려온 그녀의 대답이 의외로 아무렇지도
않아 장택근은 안도의 한숨을 내쉬었다.

역시나 배우 이지원은 다르다.

'괜히 쓸데없는 소리를 해서 사람을 불편하게 만들어.'

추영훈을 살짝 흘겨본 장택근이 그렇노라 대답을 했는데
이지원이 다시 칼을 꺼내 들었다.

─NG 몇 번이나 냈어?

그녀의 아무렇지도 않은 말투에 담긴 그 미묘한 날카로
움에 장택근은 식은땀을 흘렸다.

*   *   *

"이야. 집 좋다. 연예인 할 만하네."

신발을 벗으며 진재영이 감탄을 토해냈다.

"좋기는요. 어차피 잠깐 사는 거지 진짜 제 집도 아닌데
요, 뭘."

거실부터 시작해서 이곳저곳을 둘러보는 진재영에게 장
택근이 담담하게 말하니 그녀가 재수 없다는 표정으로 대
꾸했다.

"엑, 대한민국에 자기 집에서 사는 사람이 얼마나 된다고. 이런 좋은 집에서 살면 감사한 줄 알아야지. 누가 들으면 욕한다."

그녀의 말에 장택근이 피식 웃으며 그녀를 거실로 이끌었다.

"앉아요. 마실 건 뭘로 할래요? 맥주? 콜라?"

장택근이 그렇게 말하며 냉장고를 열었다.

"당연히 맥주지."

그녀가 한쪽 눈을 찡긋하더니, 주변을 둘러보며 말했다.

"애들은?"

"지원이는 이제 스케줄 끝났고, 신애도 조금 있으면 출발한데요."

오늘은 드라마 '체크메이트'가 첫선을 보이는 날이다. 장택근은 그간 쭉 이어졌던 고된 촬영에서 벗어나 자신의 첫 주연 드라마가 시작되기를 두근거리는 마음으로 기다렸다.

"근데 진짜 안 바빠요?"

요 근래 들어 부쩍 일이 많아진 그녀를 생각해 그가 물으니 그녀가 호들갑을 떨었다.

"무슨 소리야! 우리 택근이가 처음으로 주연을 맡은 드라마가 시작하는 날인데 무조건 본방 사수해야지. 그리고 내

친김에 오랜만에 애들 얼굴도 보고."

당찮다는 듯 얘기를 하는 그녀의 모습에 그는 슬쩍 미소를 지었다.

오늘의 자리도 사실 진재영이 만든 자리였다. 원래는 이지원과 단둘이 시간을 보내려고 했었는데 진재영이 불쑥 끼어들어 이런 자리는 최대한 여러 사람이 봐야 한다며 호들갑을 떨어 댄 덕에 일이 커져 버렸다.

덕분에 이지원과 진재영은 물론, 윤신애까지 오늘 그의 집에서 모이기로 했다.

"지금이 8시니까… 시간이 좀 남았네."

시간을 확인한 그녀가 자리에서 몸을 일으켰다.

"집들이도 안 했는데 집 구경 좀 시켜줘."

이지원을 제외하고는 집에 들여본 적이 없었던 터라 장택근은 쑥스러운 얼굴로 그녀의 말에 곤란한 표정을 지어 보였다.

"그냥 둘러보세요. 뭐 별건 없지만."

아무래도 익숙지가 않은 일이다보니 그의 얼굴에 민망한 기색이 떠올라 있었다. 진재영이 말도 안 되는 소리 하지 말라며 그의 손을 잡아 이끌었다.

"원래 이런 건 집주인이 보여주는 거야."

그녀의 호들갑에 그는 마지못해 집을 안내해 주었다. 사실 전에 살던 오피스텔에 비해 크다 뿐이지 그 혼자 사는 집이 얼마나 크겠는가. 오래 둘러볼 것도 없이 금세 집 구경이 끝이 났다.

"여기가 침실이야?"

볼 것도 없는 집을 이리저리 둘러보던 그녀가 침실에 들어서며 물었다. 그가 고개를 끄덕이자 그녀가 성큼성큼 침대로 가더니 철퍼덕 엉덩이를 붙였다.

"이야, 혼자 쓰기에는 침대 너무 넓지 않아?"

안 그래도 넓은 침대에 아직도 적응이 되지 않던 그가 그렇다 대답을 하니 그녀가 짓궂은 얼굴을 해보였다.

"그래. 이 정도는 되야 지원이도 가끔 들려서 쉬다 가지."

능글능글한 그녀의 말투에 괜히 민망해진 장택근이 헛기침을 했다.

"이야, 좋다. 나도 요즘 일이 바빠서 제대로 쉬어본 게 얼마만인지. 이렇게 앉아 있으니까 눕고 싶다."

"아, 그럼 지원이하고 신애 오기 전까지 잠깐 누워 있을래요? 오면 깨워줄 테니까."

그의 말에 진재영이 눈을 동그랗게 떴다.

"그래도 돼?"

"네, 안 될 거 뭐 있어요. 누워서 쉬어요. 이따 와서 깨워줄게요."

그의 말에 진재영이 코트를 벗었다. 몸을 꽉 틀어막고 있던 코트를 벗어낸 그녀가 이제야 살 것 같다는 얼굴로 침대 위에 몸을 던졌다.

"쿠션 좋다. 나도 이번 기회에 침대나 바꿀까."

침대에 몸을 파묻고는 중얼거리는 그녀의 모습이 너무도 나른해 보여 장택근이 미소를 지었다.

"쉬어요."

그렇게 말하고는 불을 꺼주려 하는데 그녀가 갑자기 그를 불렀다.

"왜요?"

영문을 몰라 장택근이 물으니 진재영이 그를 빤히 바라보았다.

"아니, 너도 피곤하지 않아?"

그 말에 그가 눈을 동그랗게 떴다.

"잠깐 너도 누워. 어차피 애들 오려면 시간 좀 남았잖아."

그녀의 말이 너무도 뜻밖이라 그가 미처 대답할 말도 찾지 못해 입을 오물거리는데 그녀가 장난스러운 얼굴로 말했다.

"안 잡아먹어. 그냥 택근이 너도 요즘 계속 촬영 때문에 피곤했다면서, 잠깐 쉬어."

그 말에 장택근이 고개를 저었다. 아무리 그녀에 대해 아무런 감정이 없다고 해도 다 큰 남녀가 한 침대에 눕는 것은 조금 민망했다.

"어휴, 난 괜찮으니까 누나나 쉬어요."

"괜찮다니까, 내가 마음이 편치가 않아서 그래."

덤덤한 그녀의 말투에 괜히 자신이 과민하게 구는 건가, 생각했지만 장택근은 다시 한 번 거절의 뜻을 표했다.

그녀가 괜찮아도 자신이 괜찮지 않았다.

미처 몰랐는데 오늘따라 가슴이 푹 파인 상의를 입고 타이트한 치마를 입은 그녀인지라 시선을 마주치기가 부담스러워졌다. 침대에 누운 탓에 보기 좋게 흘러내린 그녀의 가슴선과 잘록한 허리, 그리고 풍만한 엉덩이가 강조되어 괜스레 민망해질 지경이었다.

침대에 누워 손짓하는 미녀라니, 아무리 그녀와 자신이 아마존에서 서로 볼 것 못 볼 것 다 봤다지만 지나치게 자극적이었다.

화끈거리는 얼굴을 숨기기 위해 그가 냉큼 고개를 돌리고는 불을 껐다.

"쉬어요."

방문이 탁 하고 닫히니 침실이 금세 어두워졌다.

"조금 장난이 노골적이었나."

침실에 홀로남은 진재영이 홀로 중얼거렸다. 너무 오랜만에 만나는 그인지라 장난을 친다고 친 것이 저도 모르게 사심이 잔뜩 들어가 버렸다. 자신을 친누나처럼 생각하는 그가 그 시꺼먼 속을 눈치채지는 못 했겠지만 조금 노골적이었던 건 사실이다.

아쉬움 반, 자책 반으로 한숨을 내쉰 그녀가 침대에서 몸을 굴렸다.

숨을 크게 들이쉬니 남자 냄새가 물씬 풍겨왔다. 코를 킁킁대다 나중에 가서는 아예 그의 베개에 고개를 파묻으니 마치 그의 품에 안겨 있는 것 같은 기분이 들었다.

"좋다……."

가만히 그렇게 장택근의 향에 취해 있으니 드라마고 뭐고 그냥 침대에 누워만 있고 싶었다. 시트의 한 자락을 끌어올린 그녀가 다시 코를 파묻고는 숨을 들이켰다.

한참을 침대에 누워 있는데 누군가가 온 모양인지, 방 바깥이 소란스러워졌다.

"언니는? 언니 먼저 와 있다고 하지 않았어?"

"아, 누나는 좀 피곤한가 봐. 내 방에서 누워서 자고 있어."

언제 들어도 듣기 좋은 이지원의 음성이다. 방금 전까지만 해도 세상 다 가진 얼굴로 누워 있던 진재영의 얼굴이 슬쩍 굳었다. 귀를 쫑긋 세우고 바깥의 동정에 집중하니 장택근과 이지원의 대화 소리가 들렸다.

"네 침대에 누워 있다고?"

"응, 이따 신애 오면 깨워준다고 했어."

목소리 톤이 달라졌다는 것이 확연하게 느껴졌지만, 장택근은 그 사실을 눈치채지 못한 모양이었다.

그의 말에 이지원이 한참이나 대답이 없다.

보지 않아도 눈으로 본 것처럼 확연하게 보이는 상황에 진재영이 입술을 짓씹었다. 어차피 장택근의 연인이 이지원이니만큼 자신은 어떻게 보면 불청객일 수도 있었다.

하지만 아무리 그렇다고 해도 이런 소소한 행복마저도 견제하려고 드는 이지원의 태도가 고까웠다. 그렇게 마음이 상하고 나자 머리가 복잡해졌다.

이 침대에 누워 그와 사랑을 나눴을 그녀를 생각하니 저절로 몸이 싸늘하게 식었다. 아까 전까지만 해도 두근거리던 심장이 느리고 무겁게 뛰기 시작했다.

마치 문 밖의 이지원을 노려보기라도 하듯이 그녀가 어둠 속에서 문을 노려보았다.

*　　　*　　　*

"왔어?"

장택근이 냉장고에서 맥주를 꺼내고 있는데 문이 열리고 이지원이 들어섰다. 촬영이 끝나고 바로 달려온 것인지 평소와 다르게 꽤나 화려한 옷차림을 한 그녀가 구두를 벗으며 물었다.

"언니는? 언니 먼저 와 있다고 하지 않았어?"

"아, 누나는 좀 피곤한가 봐. 내 방에서 누워서 자고 있어."

구두를 벗느라고 허리를 숙이고 있던 그녀가 순간적으로 동작을 멈췄다.

"네 침대에 누워 있다고?"

"응, 이따 신애 오면 깨워준다고 했어."

슬쩍 한기가 도는 그녀의 음성이었지만 장택근은 아무런 낌새도 눈치채지 못했는지 태연하게 대꾸했다.

"맥주 줄까?"

이지원의 그의 말을 들은 척도 하지 않고 소파에 앉았다. 외투조차 벗지 않고 그대로 자리에 앉은 그녀의 모습에 그는 고개를 갸웃거렸다.

뭔가 기분이 상한 것 같은데 도통 이유를 알 수가 없었다.

"신애도 출발했다고 했으니까 조금 있으면 오겠다."

괜히 마음이 불편해진 장택근이 무슨 말이라도 꺼내야 할 것 같아 되는 대로 말을 꺼내 드는데 이지원은 여전히 대답이 없었다. 진재영이 한 모금만 마시고 그대로 내려두었던 맥주 캔을 들어 그대로 비워내는 그녀의 모습이 어쩐지 화가 잔뜩 난 모습이다.

"왜 그래?"

결국 그 불편한 분위기를 참지 못한 장택근이 물으니 그녀가 눈을 가늘게 떴다.

"나 아무리 재영이 언니라도 우리 침대에 누구 누워 있는 거 별로야. 앞으로는 이런 일 없었으면 좋겠어."

그 말에 뒤늦게 자신의 실수를 깨달은 장택근이 아차 하는 표정을 지었다. 세상 어떤 여자가 연인의 침대에 다른 여인이 누워 있는 것을 좋아하겠는가. 아마존의 생활 습관이 아직도 몸에 남아 있었는지 무심코 한 행동에 그녀의 기분이 상해 버린 모양이었다.

"알았어. 미안해, 미안해."

양손을 모아 미안하다 사과하니 이지원이 그를 잠시 노려보다가 고개를 절레절레 저었다.

"다음에는 이런 일 없도록 할게."

"알았어, 저번에도 말했지만 나 쪽팔리게 하지 마."

그녀의 말투는 무심했지만 그 안에 들어 있는 경고만큼은 진짜라 장택근이 다시 한 번 그녀에게 사과를 했다.

"됐고, 이리 와봐."

그녀가 소파에 등을 파묻으며 양손을 벌렸다. 장택근이 주춤거리며 다가서니 그녀가 그의 허리를 잡아 끌어안았다.

"뭐 하는 거야. 안에 재영이 누나 있다니까."

"내 남자 내가 안는데 뭐가 어때서 그래. 우리 얼굴 마지막으로 본 게 언젠지 알기나 해?"

그녀의 말에 장택근이 곰곰이 생각을 해보았다.

우리가 마지막으로 만난 게 언제였더라…….

잠시 생각해 보니 윤신애와의 키스 신이 있었던 날이 마지막이었다. 촬영이 끝나고 집에서 쉬고 있는 그에게 예고도 없이 찾아온 이지원은 냄새를 지우겠다면 한참이나 그와 입을 맞추다 갔다.

자연스럽게 거기까지 생각이 떠오른 그가 몸을 굳히는데 그날의 일이 떠오른 것은 그뿐만이 아니었던 모양이다. 이지원이 갑자기 싸늘한 얼굴을 했다.

"신애하고 키스 신 있었던 날이지."

하지만 무게를 둔 쪽이 조금은 달랐다. 그녀와의 격렬했던 키스를 떠올리고 심장이 두근거리기 시작한 장택근과는 다르게 그녀는 윤신애와 그의 키스 신 촬영을 떠올리고 기분이 상해 버린 기색이었다.

"어휴, 우리 지원이 또 땡깡 부린다."

도도하고 당당한 외모 뒤로 감정표현에 서툰 이지원이다. 이제는 그런 그녀에게 많이 익숙해진 장택근이 능숙하게 그녀를 달랬다. 마치 아기를 다루듯 등을 쓰다듬어주며 머리를 쓸어주니 그녀가 금세 얼굴을 새빨갛게 붉혔다.

"애 취급하지 마. 내가 초딩이야?"

붉어진 얼굴로 괜히 툴툴거리는 그녀를 한참이나 안아주고 있는데 벨소리가 들렸다.

땡동.

"신애 왔나 보다."

그녀에게서 떨어지며 현관 쪽으로 향하는데 침실의 문이 열렸다.

"애들 왔나 보다. 어? 지원이 언제 왔어?"

하품을 하며 침실에서 나오던 진재영이 이지원을 보고 눈을 동그랗게 떴다.

"방금 왔어. 언니 많이 피곤한가 봐."

"병원 일이 워낙에 많이 몰려서. 한숨 잤더니 좀 괜찮아졌네."

서로 인사를 나누는 그녀들을 뒤로 하고 장택근은 현관

을 열었다.

"왔어?"

뭘 싸왔는지 봉지에 잔뜩 뭔가를 담아온 윤신애를 보며 장택근이 반갑게 맞아주니 윤신애가 예상 외로 고급스러운 그의 집을 보며 눈을 동그랗게 떴다.

"내가 제일 늦었나봐? 언니들, 저 왔어요!"

"뭘 그렇게 싸 왔어?"

"여기 다 있는데… 일단 들어와. 춥다."

지난 자살 미수 사건 이후로 다시 서로 연락을 주고받기 시작한 그녀들인지라 윤신애를 반갑게 맞아주었다.

"들어와."

장택근이 슬쩍 비켜주며 그렇게 말하는데 어쩐 일인지 윤신애가 입구에서 들어오지 않고 쭈뼛거리기만 했다.

"들어오라니까."

장택근이 영문을 몰라 다시 재촉하니 그녀가 난감한 얼굴을 해보였다.

"저기 혼자 온 게 아니라서……."

그녀의 말에 또 찾아올 사람이 있나 곰곰이 생각해 보던 장택근이 고개를 갸웃거렸다.

"올 사람이 누가 있다고?"

"저예요."

그의 질문에 대한 대답은 윤신애의 입이 아닌 그보다 뒤편에서 들려왔다. 익숙한 음성에 그가 눈을 휘둥그레지게 뜨는데 문 뒤에 가려져서 보이지 않던 인물이 집 안으로 들어섰다.

　"김 작가님?"

8장

그녀, 그리고 그녀들

소파에 둘러앉은 여인들 사이에는 묘한 분위기가 흐르고 있었다.

"이지원 씨는 처음 보네요. 반가워요, 김선영이에요."

"그렇네요. 제가 드라마 쪽이랑은 인연이 없어서, 이름은 몇 번 들어봤습니다."

들어오자마자 장택근의 옆자리를 꿰차고 앉은 김선영이 거슬리는지 이지원의 말투가 묘하게 날카로웠다.

"택근 씨, 내가 갑자기 찾아와서 싫은 건 아니지? 신애 씨랑 둘이 같이 보자고 했는데 이쪽에서 본다고 하길래 따라왔는데 방해가 안 됐으면 좋겠네."

"아, 네. 뭐… 오셨으니까 편하게 계세요."

김선영의 말에 장택근은 속으로 진땀을 흘리며 대답했다.

아무래도 그는 이지원과 본격적으로 사귀기 전이라고 해도 깊은 관계를 맺었던 전적이 있는 김선영의 방문이 불편하지 않을 수가 없었다.

게다가 은근히 추파를 던지며 자신의 옆에 딱 달라붙어 앉은 그녀의 태도도 불편했다.

당장 윤신애와 진재영은 이지원과 자신의 관계를 알고 있다고 쳐도 김선영은 그 사실을 까맣게 모르고 있었다. 툭 터놓고 이야기를 하자니 조금 애매한 사이라 자꾸만 입이 바싹바싹 말라왔다.

"드세요."

테이블 옆에 다소곳하게 앉아 자신이 사온 과일을 깎고 있던 윤신애가 보기 좋게 깎아낸 과일을 내밀었다. 생각해 보니 윤신애 역시 자신에게 마음이 있었다.

"끄응."

새삼 이 자리가 불편해진 장택근은 괜스레 앓는 소리만 내다 자리에서 벌떡 일어났다.

"아마존에서 조난당했을 때 친해졌다면서요?"

김선영이 태연하게 물으니 이지원이 윤신애에게 날카로운 눈빛을 보냈다. 별 이야기를 다 했구나 하는 책망 어린 시선에 윤신애가 찔끔한 표정으로 고개를 숙였다.

"뭐, 살아보겠다고 숨어 지내다 보니 서로 볼 꼴, 못 볼 꼴 다 봐서요."

이지원의 말이 마치 우리는 이 정도로 친밀한 사이니 네가 끼어들 자리가 아니다라는 듯해 장택근은 쓴웃음을 지었다.

"그래요? 그건 뭐 피차 마찬가지네요."

김선영의 대답이 묘한 뉘앙스를 풍겼다. 그 말에 잠시 눈을 동그랗게 뜨고 있던 이지원이 그를 노려보았다.

"그건 또 무슨 말이죠?"

"아, 드라마 찍다보면 이 꼴 저 꼴 다 보잖아. 김 작가님도 뭐 다 같이 동고동락하는 드라마팀 식구시니까."

그가 황급하게 김선영의 말을 막고 변명을 하는데 이지원의 눈이 더욱 가늘어졌다.

"뭐, 그렇다네요."

김선영의 성의 없는 대답에 장택근은 식은땀을 뻘뻘 흘렸다. 미팅 자리에서도 대담하게 발장난을 치는 그녀가 지금은 또 무슨 일을 저지를지 몰라 그는 속으로 끙끙대며 전전긍긍해야 했다.

"근데 어느 쪽이에요?"

아니나 다를까 김선영이 슬슬 불씨를 지피기 시작했다.

"뭐가요?"

"이 중에서 택근 씨랑 사귀는 게 누구냐고요."

순간적으로 분위기가 싸늘하게 가라앉았다. 이지원의 날선 태도와 윤신애가 보인 그간의 행적, 그리고 방송 관계자는 아니지만 그에 못지않은 미모를 한 진재영이 장택근 한 명을 은근히 신경 쓰고 있는 모양새다.

이 바닥에서 잔뼈가 굵을 대로 굵은 김선영이 그 묘한 기류를 잡아내지 못할 이유가 없었다.

"일단 진재영 씨라고 했던가요? 그쪽은 아닌 것 같고."

아무래도 다른 여자들과는 다르게 사태를 관망하는 듯한 태도를 보이는 진재영이었던지라, 그녀를 가장 먼저 제외시켰다. 그 말에 진재영이 고개를 끄덕이면서도 아무에게도 보이지 않게 입술을 꾹 깨물었다.

"신애 씨하고 이지원 씨만 남는데 대충 보니까 이지원 씨가 조강지처인가 보네요?"

하는 말마다 분위기를 싸하게 만드는 뭔가가 있었다. 그녀의 미묘한 어투를 들은 이지원이 대번에 눈을 날카롭게 치켜떴다.

"무례하네요. 여기서 택근이를 누가 좋아하든지, 누구랑 사귀든지 그게 김 작가님하고 관계가 있나요?"

차갑다 못해 이제는 냉기가 뚝뚝 떨어지는 음성을 한 이지원의 태도에도 김선영은 여유로웠다.

"네, 관계가 있지요."

천연덕스럽게 대답한 그녀가 장택근을 보며 한쪽 눈을 찡긋거렸다.

"저도 택근 씨한테 관심 있거든요."

그녀의 폭탄 발언에 사람들의 시선이 일제히 장택근에게 쏠렸다.

'왜 나를……'

억울한 심정에 입을 삐죽였지만 저지른 죄가 있으니 변명도 못하고 그는 진땀만 흘렸다.

"안됐네요."

이지원이 자리에서 벌떡 일어나 장택근에게 바짝 붙어 앉았다.

"택근이랑 저 사귄지 좀 됐거든요."

장택근의 허리를 감싸며 그녀가 그렇게 말하니, 김선영이 눈을 동그랗게 떴다.

"이런 비유를 하고 싶진 않았지만, 골키퍼 있다고 골 안 들어가는 건 아니죠."

"그것도 골키퍼 나름이죠. 그리고 골이 들어간다고 골키

퍼가 바뀌나요?"

이지원의 당당한 말에 한참이나 김선영이 그녀를 쳐다보다가 웃음을 터뜨렸다.

"아, 진짜 소문대로네요, 이지원 씨. 진짜 멋있네요."

갑작스레 변한 그녀의 분위기 탓에 사람들이 어리둥절해하는데 김선영이 자리에서 일어나 이지원의 곁에 바짝 붙어 앉았다.

"반가워요. 그냥 택근 씨를 싸고도는 분위기가 신기해서 장난 좀 쳐 봤어요."

손을 내밀며 하는 말에, 이지원이 얼결에 그 손을 마주 잡으니 김선영이 다시 말했다.

"근데 진짜 당당하고 자신감 있다고는 들었는데 정말 장난 아니네요. 같은 여자지만 이지원 씨한테 반할 것 같아요."

입술을 핥으며 하는 말이 꼭 농담 같아 보이지는 않아 어지간한 이지원도 질색을 했다. 세상에 뭐 이런 여자가 다 있나 하는 표정이라 김선영이 깔깔거리며 웃었다.

"진짜 매력 있네요. 이제는 택근 씨가 아니라 지원 씨가 탐나네요."

끝까지 진담인지 농담인지 모를 소리를 하던 그녀가 원래의 자리로 가서 앉았다.

"아마존에서 있었던 이야기 좀 해주시면 안 돼요? 신애 씨는 말수가 너무 적어서."

*　　　*　　　*

다행스럽게도 분위기가 험악했던 것은 처음뿐이었다. 더듬더듬 아마존 이야기를 시작한 진재영 덕에 여자들이 예전 일을 떠올렸는지 금세 아련한 얼굴이 되어 한마디씩 던지기 시작했던 탓이다.

"그럼 그 따뚜라는 사람은 어떻게 된 거예요?"

때로는 박수를 치고 때로는 울고 웃으며 이야기를 듣고 있던 김선영이 호기심을 참지 못하고 물으니 사람들의 시선이 장택근에게 쏠렸다.

"아, 모르겠어요. 그날 구조될 때까지 따뚜는 돌아오지 않았거든요."

사실 이제 와서는 따뚜가 정말 사람이었는지조차 의문일 지경이라 장택근은 고개를 절레절레 저었다.

"그럼 그 따뚜라는 원주민은 지금도 아마존을 헤매고 있지 않을까요?"

한 번도 생각해 보지 못했던 김선영의 말에 장택근은 가슴 한구석이 싸늘하게 식었다. 끔찍스러운 진녹색의 밀림을 홀로 헤매고 있을 따뚜를 떠올리니 뭔가 가슴이 갑갑해졌다.

"아마 돌아갔을 거예요. 구조대를 만난 날, 두 명 빼고는 다 구조가 됐다고 했거든요."

손보석과 김용민. 아마존에서 희생된 두 사람을 제외하고는 모두 구조대에 의해 구조되었다는 소식을 들은 바가 있던 진재영의 대답이었다.

"다행이네요. 혼자 정글 속에 버려졌다고 하면 끔찍하잖아요? 뭔가 작가의 입장에서 흥미가 가는 이야기네요."

그녀의 말에 장택근이 끼어들며 화제를 돌렸다. 아무래도 따뚜의 이야기가 나온 직후부터 아마존에서 있었던 일을 꺼내기가 불편해진 탓이었다.

"그나저나 지금 우리가 대충 반 정도는 찍어둔 건가요?"

"미니 시리즈니까 8화까지 찍어뒀으면 반 찍은 거죠."

드라마 국에서도 타이트하게 스케줄을 잡아 초반에 배우들을 몰아치기로 제법 이름이 나 있는 김용우 PD였지만 그의 작업 스타일상 다른 드라마 촬영팀과는 다르게 후반에는 제법 여유가 생기니 크게 불만을 표하는 배우들은 없었다.

소소하게 드라마를 찍으며 생긴 일을 꺼내 들어 안주 삼아 떠들어대다 보니 시간이 훌쩍 흘러버렸다. 어느새 '체크메이트' 가 시작할 시간이 되었다.

"음. 떨리네."

꽤나 공들여 작업한 드라마의 오프닝을 보던 장택근이 그렇게 말하니 이지원이 슬쩍 그의 등을 두들겨 주었다.

"홍보 영상 반의 반만큼만 나와도 망할 일은 없어. 그러니까 걱정하지 마."

역시나 방송가에서 잔뼈가 굵은 그녀다운 말이라 장택근은 떨리는 마음이 조금 진정되었다.

"시작한다."

진재영의 들뜬 목소리에 사람들이 입을 닫고 TV 화면에 집중하기 시작했다.

*   *   *

"다른 건 모르겠지만……."

언제 끝났는지도 모르게 드라마가 끝이 나버렸다. 묘한 여운을 곱씹고 있던 장택근이 진재영의 말에 정신을 차렸다.

"진짜 엄청 공들인 드라마라는 것은 알겠다."

그녀의 말에 이지원이 고개를 끄덕였다.

"액션도 좋고 스토리 라인도 사람들이 좋아할 법한 이야기야. 배우들 연기도 군더더기가 없는 게 드라마 잘 빠졌네."

"그래? 나는 봐도 잘 모르겠다. 영화하고는 좀 다르네."

도살자의 영상을 봤을 때는 보는 순간 이건 대박이다, 라는 느낌이 왔었다. 하지만 드라마는 아무래도 편 수가 많다 보니 고작 한 편을 본 것으로는 도대체가 잘 만들어진 건지 아닌지를 알 수가 없었다.

PD로 일했던 시절도 있건만 막상 배우가 되고 보니 자신의 연기에 신경을 쓰느라 드라마 전체를 볼 수가 없다고 할까.

"다르지. 영화보다 더 노골적이고 더 보기 편해야 하거든. 드라마는 보는 사람이 언제든 채널을 돌릴 수가 있으니까, 한 번 극장 의자에 앉으면 끝날 때까지 봐야 하는 영화하고는 호흡이 다를 수밖에."

이지원의 말에 장택근이 고개를 끄덕였다.

"홍보도 좋았고 드라마도 잘 빠졌고. 내일 아침이 되어봐야 하겠지만 걱정 안 해도 되겠네. 작가님 보시기에는 어떠세요?"

생각에 잠겨 있던 김선영이 이지원의 말에 고개를 들었다.

"제 사전에 시청률 20프로 미만은 없어요. 이번에는 특별

히 공을 더 들였으니까 조금 욕심 내볼까 하는데. 한 30프로?'

웃음기 가득한 그녀의 말에 자신감이 묻어나왔다.

"으으, 내 연기는 어땠어?"

장택근이 조심스럽게 물으니 이지원이 잠시 생각하는 표정을 지어 보이다가 입을 열었다.

"1화만 봐서는 모르겠는데. 대사보다는 기합 소리가 더 많았던 것 같아서… 전부 액션이구만. 뭐, 보는 사람은 시원시원하니 좋았어."

"맞아, 맞아. 평소에 드라마에서 저런 장면 나오면 어색해서 막 손발이 오그라드는 느낌이었는데 이거는 영화 보는 느낌인데? 어색한 게 하나도 없었어."

진재영이 불쑥 끼어들어 호들갑을 떨었다. 그 말에 고개를 끄덕여 공감을 표하고 있던 김선영이 말했다.

"택근 씨. 오늘 잠 못 자겠네? 시청률 궁금해서 어떻게 자."

아닌 게 아니라 장택근은 그녀의 말처럼 벌써부터 사람들이 이 드라마를 어떻게 보았는지, 또 시청률은 어떻게 나올지 궁금해서 미칠 지경이었다.

그는 초조한 심정으로 휴대폰의 액정을 두들기며 '체크메이트' 관련 기사들을 찾아보았다.

'체크메이트' 화려한 액션으로 그 서막을 올리다.

K방송사의 야심 찬 미니시리즈 '체크메이트', 영화 못지않은 액션과 연출로 시청자들을 사로잡다.

숨막히는 액션! 시청자들의 안방을 습격한 '체크메이트'!

한국 드라마 역사상 가장 화려한 연출과 액션으로 시청자들의 눈을 어지럽히다, '체크메이트'.

기사를 클릭해 보니 하나같이 극찬 일색이었다. 드라마가 끝난 지 얼마 되지 않아 아직 댓글이 많이 달리지는 않았지만 기사의 내용에 동조하는 댓글들밖에 없어 장택근은 한시름 덜 수 있었다.

당장 시청률이 얼마나 나왔을지는 리서치 기관의 조사 결과가 나와야 하지만, 지금 이대로라면 기대한 만큼은 나올 것 같았다.

"축하해. 드라마 진짜 재미있어. 나도 매주 챙겨보고 싶네."

이 중에서 유일한 일반 시청자의 입장이었던 진재영이 그렇게 말해주니 장택근의 얼굴에 미소가 떠올랐다.

*   *   *

'체크메이트' vs '아름다운 세계' 정면 대결, '체크메이트'는 웃고 '아름다운 세계'는 울었다.

 K방송국 '체크메이트'(연출. 김용우 / 각본. 김선영)와 M방송국 '아름다운 세계'(연출. 김석천 / 각본. 박선미)의 정면 대결에서 승리의 여신은 '체크메이트'의 손을 들어주었다.

 24일 시청률 조사 회사 존슨코리아에 따르면 23일 첫 방송한 '체크메이트'는 같은 시간대 프로그램 가운데 가장 높은 24.3%의 전국 시청률을 보였다. 이로써 '체크메이트'는 첫 방송과 동시에 동시간대 시청률 1위를 기록하는 기염을 토했다.

 '체크메이트'가 첫 방송을 시작한 23일, '아름다운 세계'는 전편 8회 22.3%, 당일 9회 19.8%의 전국 시청률을 기록했다.

 '체크메이트'의 등장 전까지 월화 미니시리즈 드라마 시청률 1위를 차지해온 M방송국의 '아름다운 세계'는 이날 전편 대비 2.5% 하락한 19.8%의 전국 시청률을 보이며 2위로 떨어졌다.

 '체크메이트'는 국가 간의 거대한 파워 게임에 휘말린 장한나(윤신애)를 정부의 특수 요원 차승훈(장택근)이 밀착 보호하게 되면서 벌어지는 사랑과 배신, 각 기관의 암투를 그린 드라마다.

 박준규 감독의 밀실 스릴러 '도살자'에서 소름끼치는 살인마 역을 열연했던 장택근과 오랜 우울증을 딛고 일어서 재기를 선언한 윤신애가 호흡을 맞추어 방송 전부터 기대를 모았다.

과연 M방송국의 '체크메이트'는 첫 승리를 끝까지 지켜낼 수 있을지 관심이 주목된다.

서울=뉴스1 박금혜 기자.

"성공적인 드라마 데뷔를 축하드려요."

김인숙이 축하의 말을 던졌지만 장택근은 애써 미소를 지어 보였다. 자신이 첫 주연을 맡은 드라마와 비록 남의 손에 넘겨지긴 했지만 자신이 첫 기획을 했던 드라마의 맞대결이었다. 어느 쪽이 이기든 쓸쓸하지 않다면 그게 오히려 이상한 일이리라.

"감사합니다."

하지만 쓰라린 속을 숨기는 것은 이제 제법 그에게 익숙한 일이었다. 그래도 속이 편한 것은 아니라 짧게 감사하다 대답하니 김인숙이 눈을 가늘게 뜨고 그를 바라보았다.

"어때요?"

뜬금없는 말이었지만 장택근은 단번에 질문의 의도를 파악할 수 있었다. 그래서 그는 더 이상 억지 미소조차 지을 수 없었다.

"아름다운 세계, 원래대로라면 연출 김석천이 아니라 연출 장택근이라고 소개가 되었어야 했죠."

아니나 다를까 그녀는 아플 정도로 그의 쓰린 속을 후벼

팠다. 그리고 그것도 모자라 상처를 헤집어내 마구 할퀴어 댔다.

"대한민국 드라마 역사에 길이 남을 명작 드라마라고까지 극찬받는 드라마를 기획하고도 고스란히 그 찬사를 다른 사람에게 넘겼어요. 제 일은 아니지만 너무 억울하네요. 게다가 하필이면 자신의 첫 주연 작이 그 드라마를 철저하게 짓밟아야 하다니, 이런 비극이 또 어디 있을까요."

자꾸만 아픈 상처를 헤집는 그녀의 말에 장택근이 결국 참지 못하고 대답했다.

"어차피 지금은 '체크메이트'에 집중하기로 얘기가 끝난 것 아닙니까? 이제 와서 그런 이야기를 꺼내서 사람 속을 뒤집어 놓는 이유가 뭡니까. 김 이사님이 드라마에만 집중하라고 해서 그렇게 하고 있는데… 대체 뭘 어쩌라는 겁니까."

애써 담담하게 말했지만 숨길 수 없는 분노가 그대로 묻어났다.

"제가요? 제가 드라마에만 집중하라고 했었다고요?"

김인숙이 뻔뻔하게도 눈을 동그랗게 뜨고 순진한 표정을 지어 보였다.

"끄응."

결국 앓는 소리를 내뱉은 장택근이 시선을 돌리는데 그

녀가 그의 턱을 붙잡고 자신과 눈을 맞췄다.

"저는 드라마에만 집중하라고 한 적 없어요. 잘 생각해 봐요."

그녀의 눈동자가 기이한 열기로 일렁이고 있었다. 그 시선을 한참 쳐다보던 장택근은 그녀와의 거래를 떠올렸다.

"복수……."

"맞아요. 복수하라고 했죠."

그녀의 말에 장택근이 도둑질당한 '아름다운 세계'에 너무 신경을 쓰느라 잊고 있던 사실을 떠올렸다. 이제까지 분노로 뜨겁게 달구어져 있던 그의 눈동자가 금세 싸늘하게 식었다.

"나한테 방법이 있는데 들어볼래요?"

고혹적인 미소를 지은 그녀가 장택근의 턱을 치켜 올렸다. 가만히 그녀의 눈동자를 바라보고 있던 장택근이 고개를 뒤로 빼며 그녀의 손을 뿌리쳤다.

"일단 들어나 보죠."

무안할 만도 하건만 김인숙의 장택근의 냉랭한 태도에도 전혀 개의치 않았다. 오히려 한층 더 짙어진 미소로 그를 바라보는데 그 모습이 꼭 사냥감을 눈앞에 둔 고양이와도 같았다.

"이지원 씨가 조금 다칠 수도 있어요. 금방 딛고 일어서

겠지만 그래도 잠깐 동안은 아주 아플 거예요."

그녀의 말에 장택근이 사납게 눈을 치켜떴다. 금세 노랗게 변한 눈동자에 일렁이는 그 섬뜩한 광기에 김인숙이 눈을 크게 떴다가 몸을 떨었다.

"고작 방법이라는 게 폭로전입니까?"

장택근의 잇새로 새어나온 음성이 마치 맹수의 으르렁거림처럼 사납기 그지없었다. 방금 전까지만 해도 여유로운 태도로 장택근을 조롱하듯 지껄여 대던 김인숙이 지금만큼은 그 기세에 압도되어 입만 벙긋거렸다.

"분명 전에도 그 방법은 제외하기로 했었죠. 근데 왜 하필 이제 와서 다시 또⋯⋯."

험악하게 말을 이어가던 장택근은 입을 다물었다. 몸을 덜덜 떨면서도 자신을 끝까지 바라보는 김인숙의 표정을 뒤늦게 본 탓이었다.

빨갛게 달아오른 얼굴을 한 그녀가 입술을 살짝 벌리고 거친 숨을 몰아쉬고 있었다. 그의 난폭한 기세에 압도되었다기보다는 어딘지 모르게 묘하게 달뜬 얼굴이었다. 기묘한 감정이 잔뜩 담긴 그녀의 눈동자에 장택근이 흠칫 몸을 떨었다.

김인숙은 비록 30대 중반에 가까운 나이였지만 워낙에 관리를 잘한 덕에 20대에 못지않은 미모를 유지하고 있었다.

잘 균형 잡힌 얼굴은 30대라는 나이가 무색하게 주름 하나 없었고, 오히려 뭔가 언밸런스한 성숙함과 농염함이 묻어나는 매력적인 얼굴이었다. 게다가 타이트한 슈트로 감싼 몸은 또 어떤가. 풍만한 가슴과 골반은 20대의 여성들에게 볼 수 없는 폭발적인 염기가 있었다.

그런 그녀가 달뜬 표정으로 달콤한 숨을 내쉬고 있으니 장택근은 순간 상황도 잊고 그녀의 전신을 훑어보고 말았다. 그의 시선이 닿을 때마다 작살에라도 맞은 듯 몸을 떨어대는 김인숙의 모습이 정말 미치도록 뇌쇄적이었다.

저도 모르게 울대를 꿀렁이며 마른침을 삼키는데 김인숙이 깊게 숨을 들이켰다. 풍만한 가슴이 그녀의 숨결을 따라 터질 것처럼 부풀어 올랐다.

"말했잖아요. 지원 씨가 아픈 건 아주 잠깐일 뿐이라고."

그녀의 음성은 평소의 나긋나긋함을 넘어 이제는 완전히 녹아내릴 것 같았다. 그 유혹적인 음성에 장택근이 저도 모르게 홀린 것처럼 그녀의 입술을 바라보았다.

"그마저도 싫다고 하면 하지 않겠어요. 이지원 씨는 건드리지 않을게요."

그녀의 흐물흐물한 말투에 장택근이 뒤늦게 정신을 차렸다.

이지원의 이름을 듣는 순간 정신이 번쩍 들었다고 할까,

순간적으로 자신의 추태를 깨닫고 그가 얼굴을 붉혔다.

그의 분위기가 다시 평소로 돌아가자 김인숙이 뭔가 아쉽다는 표정으로 입술을 핥았다. 그 모습마저도 유혹적이라 장택근은 시선을 돌렸다.

언제부터였을까. 비즈니스 파트너일 뿐이었던 김인숙이 자꾸만 묘한 모습을 보였다. 그녀 정도 되는 커리어에 위치라면 신인 배우 따위를 애인 삼는 것은 일도 아닌 바닥이었다. 소위 말하는 스폰서의 개념인데 사실 장택근은 이미 스폰을 받는 것과 다름없을 정도의 대우를 받고 있었다.

가뜩이나 그런 대우가 부담스러운데 그녀의 묘한 모습을 볼 때면 자신도 모르게 망상이 고개를 쳐들었다.

어쩌면 이것은 거래이지 않을까. 차동수와 나윤섭을 나락으로 떨어뜨리고, 스타로 발돋움하는 데 지대한 도움을 준 그녀에게 당연히 지불해야 할 대가가 아닐까.

순간적으로 머릿속을 스쳐 간 망상에 그가 소스라쳤다.

'미쳤구나, 장택근. 니가 제정신이 아니구나.'

스스로를 자책하며 그는 이를 악물었다. 이따금씩 스스로가 자신이 아니게 되는 듯한 느낌이었다. 분노를 일으키고 나면 이상할 정도로 충동적이 되고 마는 자신을 발견하고 소스라칠 때가 한두 번이 아니었다.

검은 욕망이 사라지고 그 자리에 섬뜩한 냉기가 대신 자리를 잡았다.

"일단 들어는 보겠습니다."

방금 전 자신의 추태를 가리기 위해서일까. 그의 음성이 전에 없이 굳어 있었다.

"알겠어요. 대신 이것만큼은 알아둬요. '

방금 전처럼 녹아내릴 듯한 음성은 아니었지만, 여전히 유혹적인 음성을 한 그녀가 마치 선악과를 두고 아담과 하와를 유혹한 무언가처럼 그에게 속삭였다.

"달콤한 열매를 얻는 것도 택근 씨고, 그에 대한 책임을 지는 것도 택근 씨라는 것을."

그녀가 던진 유혹의 향이 너무도 짙어 장택근이 저도 모르게 침을 꿀꺽 삼켰다.

"선택해요."

＊　　　＊　　　＊

"무슨 이야기를 그렇게 길게 해. 왜? 이사님이 뭐 마음에 안 드신데?"

김인숙의 사무실을 나오자마자 추영훈이 들러붙어 칭얼거렸다. 덩치에 어울리지 않는 그 모습에 평소라면 몇 마디 핀잔을 주었을 장택근이 이번만큼은 별다른 설명 없이 짧게 대답했다.

"아뇨. 시청률 잘 나왔다고 뭐."

"그치? 요즘 같이 케이블채널에 인터넷 다시 보기 서비스가 판 치는 세상에서 첫 방송에서 25프로 가까이 나오는 건 진짜 대박이라고!"

호들갑스러운 그의 말에도 장택근은 그저 덤덤하게 미소를 지어 보였을 뿐이었다. 그제야 그의 태도가 평소 같지 않음을 깨달은 추영훈이 걱정스레 물었다.

"왜 그래, 진짜 무슨 일 있었어?"

추영훈의 염려 어린 말에도 장택근은 그저 말없이 고개를 저었을 뿐이었다.

"추 실장님!"

추영훈이 막 뭐라고 더 물으려는데 김인숙 이사의 비서가 그를 불렀다.

"김 이사님께서 잠깐 들어오시래요."

"김 이사님이? 무슨 일이지? 택근 씨 잠깐만 기다릴래? 차에 가서 기다리고 있어. 얘기 끝나고 바로 내려갈게."

그의 말에 비서가 입을 열었다.

"장택근 씨는 바로 돌아가시래요. 이야기가 길어질 것 같다고……."

"어? 무슨 일이지?"

여간해서는 직접 만나서 지시를 내리는 경우가 없었던 김인숙이었던지라 추영훈은 고개를 갸웃거렸다.

"택근 씨는 뭐 들은 거 없어? 갑자기 이러시니까 불안하네."

"아……."

장택근이 말을 얼버무리는데 추영훈이 머리를 벅벅 긁으며 말했다.

"들어가 보면 알겠지. 뭐, 혼자 들어갈 수 있겠어?"

"내가 앤가요. 형 만나기 전에는 평생을 혼자 다녔네요. 걱정 말고 들어가 보기나 해요. 김 이사님 기다리는 거 싫어하신다면서요."

그의 말에 뒤늦게 아차 하는 표정을 지은 추영훈이 인사도 하는 둥 마는 둥하며 김인숙의 사무실로 뛰어 들어갔다.

"그럼 수고해요."

어딘지 모르게 복잡한 얼굴을 한 장택근이 비서에게 인사를 하고는 그대로 NB엔터테인먼트를 빠져나갔다.

답답한 빌딩을 나서니 뒤늦게 숨통이 트였다. 거리를 가득 채운 차량이 뿜어낸 매연으로 탁해진 공기였지만 장택근은 폐부 깊숙이 숨을 들이켰다.

"…후회는 없다."

누구에게 하는 말인지 모를 소리를 몇 번이나 되뇐 그가 다시 걸음을 옮기기 시작했다.

$$* \qquad * \qquad *$$

촬영장의 분위기는 축제나 다름이 없었다. 요즘처럼 인터넷 다시보기 서비스와 케이블 방송의 난립으로 탈공중파가 가속화되는 시점에서 시청률이 25프로에 가깝게 나온 것은 굉장한 일이었다.

'체크메이트'는 24.3%라는 좋은 성적으로 스타트를 끊고, 3화까지 방송이 나간 지금은 30%에 가까운 시청률을 올리고 있었다.

"컷!"

NG가 나왔다. 하지만 원체 NG를 내지 않는 배우이기도 하거니와 요즘처럼 김용우 PD의 기분이 좋은 상황에서는 어느 누구도 NG에 인상을 찌푸리지 않았다.

"자, 자. 다시 갑시다!"

기분 좋게 재촬영을 말하는 김용우의 얼굴이 싱글벙글했다.

"오늘이 4화가 나가는 날이군요."

드물게 촬영장을 찾은 김선영이 작게 말하자 김용우가 고개를 끄덕였다.

"카체이싱 장면이 나가는 화니까, 오늘은 30프로 돌파도 한 번 기대해 봐도 좋을 것 같습니다."

그의 말에 숨길 수 없는 자신감과 설렘이 떠올랐다.

하마터면 대형 사고로 이어질 뻔한 카체이싱 촬영이었지만 다행스럽게 큰 사고가 없이 잘 마무리가 되었고, 오히려 사고 소식과 장택근을 비롯한 스태프들의 침착한 대응으로 이슈가 되었던 장면이다.

기자들에게 요번 화에서 화제의 장면이 나온다고 흘려댄 탓에 시청자들의 기대가 어마어마했다.

"30프로라니… 요즘 같은 상황에서는 진짜 꿈 같은 이야기네요."

시청자들이 난립하는 케이블 채널과, 인터넷 다시보기 서비스로 더 이상 본 방송에 연연하지 않는 지금에 와서 시청률이 30%를 넘는다는 것은 정말 어마어마한 일이었다.

"국장님께 큰소리를 쳐 놨으니 못해도 근접하게는 나와야 할 걸요."

조연출이 옆에서 김용우를 힐끗 쳐다보며 말하니 그가 조연출을 타박했다.

"인마, 너 자신 없어? 오늘 방송분이 얼마나 엑기슨데. 우리도 금일봉 한번 받아보자."

핀잔을 주면서도 얼굴에 미소가 사라지지 않는 것을 보

면 드라마가 잘되긴 한 모양이다. 김선영이 피식 웃으며 눈으로 장택근을 찾았다.

처음 봤을 때만 해도 촬영장의 한가운데에 서 있는 모습이 어색했던 사내는 이제 흠잡을 데 없는 배우가 되어 있었다. 대본을 펼쳐 들고 스타일리스트의 손길을 자연스럽게 받아들이는 모습이 누가 보아도 천생 배우였다.

"요즘 차승훈앓이가 그렇게 장난 아니라던데⋯⋯."

그녀의 중얼거림에 김용우가 냅다 끼어들었다.

"차승훈앓이만 지금 화젠가? 신애 씨는 어떻고. 청초, 청순, 청렴. 아, 청렴은 아닌가. 하여간 여성스럽다는 수식어라는 수식어는 죄다 붙었잖아요."

드라마가 잘되니 배우가 예뻐 보이지 않을 수가 없었다. 그의 말에 가득한 애정에 김선영이 고개를 절레절레 저었다.

"뭐, 신애 씨야 그렇다고 치지만 택근 씨는 처음에 캐스팅도 망설였잖아요. 예산만 아니었으면 최민혁이 뽑았을 거라고 투덜거려놓고⋯⋯."

그녀의 말에 김용우가 뜨악한 표정으로 그녀의 입을 막았다.

"우리 김 작가님이 무슨 소리를 하시는 걸까. 그거야 예산에 허덕이는 드라마국 PD의 넋두리였지. 넋두리."

그가 허겁지겁 변명을 하는데 김선영이 그의 손을 뿌리쳤다. 그의 우악스러운 손길에도 그녀는 화난 기색 하나 없이 말했다.

"또 뭐라고 하셨더라. 드라마의 완성도냐, 인기 배우냐 딜레마라고 하셨던가."

아무래도 영화와는 다르게 매 편 예산을 쪼개 써야 하는 드라마 촬영의 고충 탓에, 실제로 처음 기획을 할 때까지만 해도 김용우 PD는 고민을 해야 했었다.

인기 배우를 캐스팅하자니 야외촬영과 액션 신이 난무하는 드라마의 특성상 예산이 빠듯해질 것 같았고, 그렇다고 예산을 확보한답시고 조금 싼 배우를 쓰자니 시청률이 아쉬웠다.

그러던 차에 김선영이 추천한 장택근이라는 배우는 꽤나 메리트가 있는 배우였다. 영화 '도살자'를 통해 이미 연기력을 검증받았고, 신인치고는 높은 편이었지만 톱스타에 비하면 비교적 개런티가 저렴했다.

게다가 그의 소속사라는 곳이 충무로 판에서 꽤나 유명한 투자자이기도 했거니와, 소속 배우의 출연작에 지원을 아끼지 않는 NB엔터테인먼트였다.

톱스타를 섭외하지 못한 탓에 예산 책정과 광고에서 조금 미진했던 '체크메이트'의 상황이 단번에 해결되었다.

"하여간 택근 씨가 복덩이야, 복덩이. 차승훈잖이? 나도 차승훈잖이다!"

김용우의 뻔뻔한 말에 결국 김선영이 웃고 말았다.

"자! 후딱 끝내고 밥 먹으러 갑시다!"

그의 말에 스태프들이 환호를 질렀다.

*   *   *

"신애 씨, 또 웹서핑 해?"

스타일리스트의 말에 윤신애가 민망한 얼굴로 휴대폰을 덮었다.

"어휴, 그렇게 좋아요?"

아마존을 다녀온 이후로 한동안 반짝하기는 했지만 정작 드라마의 주연은 맡은 적이 없었다. 아무래도 다른 여배우들에 비해 상대적으로 빈약한 필모그래피와 과할 정도로 부드러운 이미지 탓에 흥행력이 떨어진 탓이었다.

그랬던 것이 자살 미수 사건을 벌이고 나자 그게 오히려 부족한 이름값을 채워주며 덜컥 드라마의 주연을 맡게 되었다. 처음에는 그 냉정한 상술에 더럭 겁을 집어먹기도 했지만 장택근의 상대역이라는 말에 망설임을 접고 장한나 배역을 결정했다.

"예전부터 드라마 속 여주인공 꼭 해보고 싶었거든요."

톱스타라고 말하기에는 뭐하지만 제법 인기 스타라는 말 정도는 들을 위치에 오른 그녀였지만 드라마가 시작할 무렵이나 지금이나 변한 것이 없었다.

거만함 보다는 마치 꿈꾸는 소녀 같은 얼굴을 한 그녀를 보고 스타일리스트가 고개를 절레절레 저었다.

"어휴, 홀린다, 홀려. 이러니까 남자들이 신애 씨만 보면 정신을 못 차리지."

그녀의 말에 윤신애가 얼굴을 붉혔다.

"남자들이 별로 좋아하는 스타일 아니지 않나요? 남자들은 몸매도 더 좋고, 왜 그… 지원 언니 같은 사람 좋아하잖아요."

손을 꼼지락거리며 말하는 모습이 어찌나 사랑스러운지 스타일리스트가 저도 모르게 그녀의 볼을 꼬집었다. 이렇게 장난을 치고 나면 화장을 다시 손봐야겠지만 그녀의 수줍은 얼굴을 볼 때면 도저히 참을 수가 없었다.

"이지원 씨야 워낙에 몸 밸런스가 말도 안 되게 좋으니까. 근데 신애 씨처럼 가녀린 몸에 여성스러운 여자들도 남자들이 또 엄청 좋아해."

그렇게 말한 스타일리스트가 힐끗 그녀의 가슴을 쳐다보았다.

"그리고 솔직히 가슴은 어디 가도 안 꿇리지 않아?"

그간 옷을 벗기고 갈아입히기를 바비인형 갈아입히듯 했던지라 윤신애의 몸을 몇 번이나 보았던 스타일리스트였다.

가녀린 외모에 숨겨진 의외의 볼륨을 생각하며 그녀가 그렇게 말하니 윤신애의 얼굴이 더욱 빨갛게 달아올랐다.

"자신감을 가져. 이지원 씨만 미녀가 아니야. 우리 신애 씨 미모도 절대 이지원 씨한테 꿇리지 않는다고."

그녀의 말에 윤신애가 고개를 슬쩍 들고는 저 멀리서 대본을 확인하는 장택근을 훔쳐보았다.

"그래요? 저도 남자들한테 매력이 있다는 거죠?"

스타일리스트가 윤신애의 모습에 미소를 지었다. 닮을 대로 닮은 배우들이 넘쳐 나는 연기 판에서 그녀처럼 순수한 연기자는 드물었다. 지금도 제 모습이 어느 누군가에게 어떻게 보일까 궁금해하는 것이 딱 사랑에 빠진 소녀와 다르지 않았다.

스타일리스트가 장난스럽게 그녀의 코를 튕겼다.

"아야!"

어쩜 아프다고 좋알거려도 저렇게 사랑스러운지 스타일리스트가 다정한 말투로 이야기했다.

"너무 표 내지 마. 그렇게 자꾸 좋다고 표 내면 남자들이 안 아쉬워한다?"

그녀를 보고 있자니 꼭 막내 여동생을 보는 것 같은 기분
이라 스타일리스트가 한마디를 해주고 말았다.

윤신애가 장택근을 좋아한다는 거야 '체크메이트' 촬영
팀 중에서 모르는 사람이 없을 정도였다. 지난 회식 자리에
서도 그렇고 키스 신을 촬영할 때도 그랬다. 어느 배우가
키스 신 전에 마치 연인과 데이트라도 기다리듯 들뜬 얼굴
로 기다린다는 말인가.

제 감정조차 제대로 숨기지 못하는 윤신애의 모습이 너
무도 순수해 보여 스타일리스트는 그녀에게 장난스럽게 말
했다.

"그래서, 오늘은 또 뭐라고 기사가 떴어?"

잔뜩 얼굴을 붉히고 있던 윤신애가 슬그머니 휴대폰 액
정을 덮고 있던 손을 치우고 검색을 하기 시작하는데 검색
키워드가 '장택근', '차승훈', '체크메이트 장택근' 일색
이었다.

언뜻 보이는 휴대폰의 화면에 스타일리스트가 결국 작게
웃음을 터뜨렸다.

"어?"

그런데 한참 검색을 하던 윤신애가 기사 하나를 보고는
놀라는 얼굴을 해보였다. 스타일리스트가 그녀의 반응에

슬쩍 눈을 돌리니 휴대폰 액정에 가득한 대형 포털사이트
의 뉴스가 한 가지 기사로 도배가 되어 있었다.

'아름다운 세계'의 원작자는 경쟁 드라마의 주연이었다.

배우 장택근의 과거와 그의 첫 기획 작 '아름다운 세계'

'아름다운 세계' VS '체크메이트' 누가 이기든 승자는 장택근!

"택근 씨가 아름다운 세계 기획자였어?"
윤신애가 스타일리스트의 말을 한 귀로 흘리며 장택근을
찾아 고개를 들었다.

*   *   *

성민경의 메이크업을 받으며 대본을 훑어보고 있던 장택
근은 촬영장에 감도는 묘한 어수선함에 도통 집중을 할 수
가 없었다. 평소에도 카메라가 돌지 않을 때는 제법 소란스
러운 촬영장이었지만 지금은 소란스러운 게 아니라 뭔가
어수선했다.
결국 대본을 덮은 그가 주변을 둘러보는데 스태프들의

반응이 묘했다.

슬쩍슬쩍 그를 쳐다보며 자신들끼리 수군거리는 모습이 무언가 그에 대한 이야기라도 하는 모양새였다.

"가만있어요, 거의 다 끝났어요."

고개를 두리번거리는데 성민경이 그의 턱을 잡고 고정시켰다. 그 단호한 손길에 장택근이 더는 고개를 움직일 생각은 못하고 눈동자만 데굴데굴 굴려 주변을 살펴보았다.

스태프들은 장택근이 고개를 숙이자 이제는 대놓고 손으로 그를 가리키며 속닥거리고 있었다. 내심 짐작 가는 바가 있었던 터라 그는 더욱 확실히 상황을 파악하기 위해 귀를 기울였다. 예민해진 청각 사이로 사람들의 대화가 잡혔다.

'엑? 그럼 진짜 택근 씨가 아름다운 세계 기획한 거야?'

'그렇다니까, 기사 보고 그쪽에서 일하는 놈한테 물어봤는데 시나리오부터 콘티까지 다 끝내놓고 쫓겨난 거래.'

'아니, 그런 기획을 했으면 업고 다녀야지 쫓아내긴 왜 쫓아내?'

'드라마야 뚜껑을 열어봐야 아는 거니까… 그때는 알았겠어? 드라마가 이렇게 대박 날지? 그리고 쫓겨난 이유는…….'

역시나 그의 예상대로였다. 사람들은 '아름다운 세계'의 첫 기획자가 장택근이었다는 사실에 놀라 저들끼리 속닥거리고 있었다.

"민경 씨, 잠깐만요."

"다 끝났으니까, 조금만 참아요."

"아, 그럼 휴대폰만 좀."

그의 말에 옆에서 대기하고 있던 추영훈이 휴대폰을 건네주는데 그 표정이 자못 심각했다. 지난번에 김인숙 이사와 면담을 가진 뒤로 부쩍 말수가 적어진 추영훈이었다.

평소라면 지금도 신나게 떠들어댔어야 할 그가 잔뜩 굳은 얼굴로 장택근을 바라보고 있었다.

"고마워요, 형."

장택근은 그 모습이 왠지 서운했지만 내색치 않고 휴대폰을 받아들었다.

화면을 두들기며 빠르게 인터넷 검색창을 여니 역시나 아름다운 세계와 그에 관련된 기사로 각종 포털사이트 메인이 가득 차 있었다.

"생각보다 빠르네……."

김인숙과 이미 이야기가 끝났지만, 자신의 예상보다 더욱 행동이 빠른 그녀의 결단력에 장택근은 작게 감탄했다.

운명의 장난, 자신의 첫 기획작과 첫 주연작의 상처뿐인 대결.

가만히 기사를 훑어보던 장택근은 낯익은 이름을 보고는 기사를 다시 확인했다.

서윤아 기자 / 케이 데일리

일전에 엘리베이터에서 만나 지하 주차장까지 끈질기게 따라붙었던 여기자의 이름이다. 워낙에 뻔뻔했던 탓에 인상이 아직까지 남아 그녀의 이름을 곧 떠올릴 수 있었다.

월화 미니시리즈의 최강자로 떠오른 K방송국의 '체크메이트(연출 김용우 / 각본 김선영)'와 한창 맞대결 중인 M방송국의 '아름다운 세계(연출 김석천 / 각본 박선미)'의 대결에 세간의 이목이 쏠리는 가운데 새로운 사실이 밝혀져 시청자들의 관심을 모으고 있다.

'체크메이트'의 남자 주인공 차승훈 역을 맡은 배우 장택근이 사실은 경쟁작 '아름다운 세계'의 원 기획자였다는 사실이 밝혀졌다.

장택근은 배우로 활약하기 이전에 M방송사의 드라마국 PD였다. 원래는 예능국의 PD였던 그가 드라마국으로 비정상적인 전입을 가기까지는 많은 우여곡절이 있었는데……

*   *   *

'체크메이트'는 제작진의 바람대로 시청률 30%를 돌파하는 기염을 토했다. 턱걸이에 불과하지만 30.4%라는 시청률은 동시간대 경쟁작인 '아름다운 세계'에 비하면 거의 두 배에 가까운 수치였다.

김용우 PD를 비롯한 제작진이 자신했던 카체이싱은 대중들의 기대를 충족시키기에 충분할 정도로 박진감과 속도감이 넘쳤고, 극 전반을 아우르는 스피디함에 시청자들을 열광시켰다.

하지만 그럼에도 불구하고 드라마 '체크메이트'는 시청률이 아닌 다른 일로 더욱더 화제를 모았다.

드라마의 남자 주인공인 장택근이 경쟁작의 원 기획자였다는 사실이 밝혀진 것이다. 초기 기획부터 시작해서 전반적인 분야의 총괄적인 기획을 하고도 촬영 직전에 방송국을 나서야 했던 그의 상황에 사람들이 의아함을 넘어 분노하기 시작했다.

[더럽다. 남의 아이디어를 훔쳐서 마치 자신의 것처럼 방송을 하다니.]

[어쩐지, 김석천 작품치고는 시나리오가 지나치게 탄탄하다 했다.]

[미장센 덕후가 사고 친 줄 알았더니, 알고 보니 남의 작품이라네.]

원색적인 비난이 김석천 PD를 향했고, M방송국 역시 비난의 화살을 피해갈 수 없었다.

전형적인 PD 밀어주기가 아니냐며, 방송국 내의 파벌 싸움에 밀려나 작품을 빼앗긴 것은 아닌지 사람들이 장택근의 처지에 비분강개했다.

여론이 들끓자 M방송사는 자사의 홈페이지를 통해 공식적인 입장을 표명해야 했다. 홈페이지의 공지에 설명된 입장을 요약하자면 다음과 같았다.

해당 드라마의 원 기획자가 장택근인 것은 맞지만, 드라마국 소속 PD 보직의 특성상 방송국을 나가기 전에 제출한 모든 기획 안의 권리는 자사에 있다. 또한 품행이 방정치 아니하여 근신을 내렸으나, 이를 납득하지 못하고 스스로 퇴사를 한 것은 장택근이다.

라는 내용이었다.

M방송국은 비난의 화살을 피하기 위해 장택근에게 책임을 돌렸다. '아름다운 세계'의 메인 연출자인 김석천 PD 역시 개인의 SNS를 통해 억울함을 토로했다.

당시 드라마 기획의 초기부터 함께했는데 이제 와서 남의 아이디어를 훔친 도둑놈 소리를 듣다니 억울하다. 개인사가 깨끗하지 못해 퇴사를 해야 했던 후배 PD의 일은 안타까우나 그보다 더욱 안타까운 것은 '아름다운 세계'가 그대로 묻히는 일이라고 판단했다. 최초 기획부터 함께했던 만큼 드라마가 그대로 사장되는 것은 도저히 볼 수 없었다.

M방송국의 입장표명과 김석천의 발언으로 인해 대중들은 품행이 방정치 않아라는 말과 깨끗하지 못한 개인사라는 말에 집중했다.

그리고 자연스럽게 당시의 사건이 재조명을 받기 시작했다.

9장

사건의 재조명

장택근은 자신의 집에 누워 하릴없이 시간을 보냈다. 원래대로라면 한창 '체크메이트'의 촬영을 해야 할 시간이었다.

하지만 촬영장을 둘러싼 기자들 탓에 도저히 촬영을 이어갈 수가 없었다.

하마터면 한창 상승세를 탄 드라마에 커다란 타격을 줄 뻔했지만, 그나마 순조로운 촬영 덕에 마침 몇 회분의 여유가 있던지라 김용우 PD는 장택근에게 며칠간의 말미를 주었다.

미안한 얼굴로 사과를 하는 장택근의 모습에 김용우는 그 동안 다른 연기자들의 촬영분을 찍겠다며 스케줄을 조정하는 호의를 보였다.

그의 입장에서야 드라마의 배우가 화제가 되면 될수록 드라마도 덩달아 유명세를 탈 것이다.

홍보 효과를 생각하면 며칠 정도의 휴식을 주는 것은 일도 아니었다.

"어휴, 하이에나 같은 새끼들."

현관문이 열고 들어선 추영훈이 오만상을 쓰고 욕설을 내뱉었다. 잔뜩 흐트러진 옷매무새를 보니 아무래도 오는 길에 기자들과 실랑이라도 한 모양이었다.

"형 왔어요?"

추영훈을 발견한 장택근이 반색을 했다.

집을 둘러싼 기자들 탓에 어디 외출은커녕 현관문을 나서는 것도 쉽지 않았던 터라 누군가의 방문이 반가웠던 탓이다.

휴대폰이라도 쓸 수 있으면 좋으련만 어떻게 번호를 알았는지 기자들이 끊임없이 전화를 해대는 통에 전화벨 소리가 끊이지를 않아 배터리와 휴대폰을 분리해 둔지 오래였다.

"밥 안 먹었지? 택근 씨가 좋아하는 고기 사왔어."

추영훈이 봉지를 들어 보이며 말했다.

"소화 잘되는 고기, 좋죠!"

장택근이 짐짓 쾌활하게 대답하는데 그 태도는 어딘가 묘하게 어두웠다. 추영훈이 그 모습에 고개를 갸웃거리다가 컴퓨터가 켜져 있는 것을 발견했다.

"내가 컴퓨터 켜지 말라고 했잖아. 봐야 뭐 좋은 소리 있다고… 택근 씨 속만 쓰리지."

그의 말에 장택근이 쓴웃음을 지으며 대답했다.

"궁금해서 봤는데 안 볼 걸 그랬나 봐요. 영 기분이 좋지 않네요."

M방송사에서는 장택근에게 책임을 떠넘기기로 작정했는지 대담하게 당시에 그가 근신을 받을 수밖에 없었던 사유를 공개했다.

'살인미수 혐의로 인한 검찰 조사'

대중들은 생각지도 못했던 근신 사유에 경악했다. 순식간에 당시의 사건이 재조명을 받고 추측성이 다분한 날조된 기사가 금세 수면 위로 떠올랐다.

바로 전까지만 해도 장택근에 대한 동정 여론이 대부분이었던 것이 무색할 정도로 대중들은 빠르게 태도를 바꿨다.

[도살자에서 괜히 살인마 역할을 맡은 게 아니구먼. 연기가

아니라 그냥 실제였네.]

[살인미수 혐의가 완전히 벗겨지지도 않은 사람을 주연으로 쓰다니, K방송국과 김용우도 제정신이 아닌 듯]

[난 처음부터 장택근이라는 배우가 싫었음. 눈빛이 진짜 꼭 살인마 같은 게 섬뜩해서 못 보겠더라능. 근데 진짜 살인마였어.]

처음에는 그저 의혹에 불과했던 것이 아직 확실하게 종결나지도 않은 사건을 장택근이 범인인 양 몰아가기 시작했다.

손바닥 뒤집듯 그렇게 태도를 바꾸는 대중들의 모습에 장택근은 어마어마한 스트레스를 받았다.

애초에 김인숙과의 거래를 통해 어느 정도 수준은 각오하고 있었지만 막상 실제로 상황이 닥치니 억울하고 분했다.

명품 연기니 기획부터 연기까지 재색겸비라고 극찬하던 사람들이 이제는 앞장서서 장택근에게 뭇매를 때리는 꼴을 보고 있자니 오만 정이 다 떨어질 지경이었다.

"원래 대중들이라는 게 그래. 지들 듣고 싶은 이야기만 듣고, 또 추켜세워 올리던 게 거짓말처럼 금세 돌아서서 까내리기 바쁘거든. 이 정도는 아직 약과야."

그날 이후로 예전에 비하면 어딘지 모르게 조금 거리가 있는 태도를 보이는 추영훈이었지만 지금의 위로에는 진심이 가득 담겨 있었다.

오랜만에 듣는 따뜻한 말에 장택근이 애써 미소를 지어 보이려고 했지만 하루 만에 그의 얼굴은 몹시 지친 얼굴을 하고 있었다.

"택근 씨, 더 생각하지 말고 밥이나 먹자."

어느새 준비를 끝냈는지 채소와 찬거리를 식탁에 준비한 추영훈이 프라이팬에 고기를 올리며 말했다.

"먹어, 먹어. 소고기야. 소고기는 원래 불그스름할 때 먹어도 돼."

프라이팬에 올린 지 얼마나 됐다고 벌써 노릇노릇하게 구워진 고기를 보자니, 장택근은 문득 자신이 하루 종일 아무것도 먹지 않았다는 사실을 떠올렸다.

갑작스레 허기가 느껴져 그가 허겁지겁 고기를 주워 먹는데 추영훈이 복잡한 눈으로 그를 바라보았다.

"드라마고 뭐고 며칠 쉰다고 생각해. 김 PD님이랑은 이야기했는데 전후 사정 다 들었으니 아무 걱정하지 말라더라."

"그래도 너무 길어지면 드라마 이미지에 타격이 있을 텐데요?"

"그렇긴 하지. 그 전에 정리해야지."

입안 가득 고기를 채워 넣은 장택근이 걱정스레 묻자 추영훈이 대답했다.

"어차피 준비는 다 됐어. 문제는 언제 터뜨리냐인데… 아마 며칠 내로 터뜨릴 거야. 다음 방영 전까지 정리 안 하면 시청자들이 보이콧 운동을 할 수도 있으니까."

그렇게 말한 그가 걸신들린 것처럼 고기를 입에 넣고 씹어 대는 장택근을 쳐다보다가 조심스럽게 물었다.

"근데 진짜 괜찮겠어?"

그 뜬금없는 말에 한창 바쁘게 놀려대던 젓가락질을 그대로 멈춘 장택근이 고개를 들었다.

"뭐가요?"

짐짓 아무것도 모르는 척 시치미를 떼는 그의 모습에 추영훈이 다시 물었다.

"아무리 지금까지 시나리오대로 흘러가고 있다고 해도 언제 어떻게 상황이 변할지 몰라. 적당한 선에서 끝내는 게 어때?"

그의 말에 장택근이 젓가락을 내려놓았다. 턱을 놀리며 입안에 가득 들어 있던 고기를 씹어 삼킨 그가 물 잔을 비워내고는 대답했다.

"어디까지 가느냐는 제가 결정하는 게 아니죠."

그의 음성이 마치 얼음물이 뚝뚝 떨어질 듯 냉담해 추영훈이 흠칫 몸을 떨었다.

"지금 못 보셨어요? 저쪽에서 뭐라고 떠들어대는지? M방송사는 저를 생양아치로 만들고 있고 김석천이 새끼는 처음부터 끝까지 제가 기획한 드라마를 마치 공동 기획한 것처럼 떠들어 대고 있어요."

추영훈도 이미 김인숙을 통해 장택근이 어떤 일을 겪었는지는 대충 들어 알고 있었다.

조난당했을 당시 린치를 당했고, 그 이후 차동수와 나윤섭을 비롯한 이들과 관계가 틀어졌단다.

그 덕에 한국에 돌아온 이후까지도 온갖 고초를 겪었다고 했다.

덕분에 예능국의 PD였던 그가 천덕꾸러기처럼 드라마국까지 밀려나고, 그마저도 그곳에서 제 발로 걸어 나와야 했던 그의 입장이 딱하고 안쓰러웠다.

지금이야 연기자로 잘나가는 그였지만 원래의 꿈이 PD였다고 하니 당시의 상실감이 얼마나 컸을지 이해도 갔다. 하지만……

"알아. 택근 씨가 얼마나 억울했을지 이해해. 근데 일이 커지면 택근 씨 주위 사람도 다치는 수가 있어."

일이 커지면 필연적으로 장택근이 검찰 조사에서도 혐의

를 벗지 못했던 이유가 까발려질 수밖에 없었다. 그가 필사적으로 지켜내려 했던 이지원의 치부가 드러나게 되는 상황이 오게 되고 만다.

그런데 추영훈의 말에 장택근이 순간적으로 굳은 얼굴을 해보였다.

"무슨 소리예요? 형이 그걸 어떻게 알아요?"

경직될 대로 경직된 그의 음성에 추영훈이 아차 하는 표정을 지어 보였다.

"대체 김 이사님이 어디까지 이야기한 거예요! 어디까지 들어서 알고 있냐고요. 말해봐요."

장택근의 말이 이제는 차가움을 넘어서 사나워질 기미까지 보였다.

처음 보는 그의 모습에 추영훈은 자신의 실수를 깨닫고는 황급히 변명했다.

"아냐! 김 이사님에게 들은 건 그저 이번 일의 간략한 시나리오 정도였어."

그날 김인숙은 자신을 따로 불러내 이런저런 지시를 내렸다. 그중에서는 뒷돈이 오가는 깨끗하지 못한 일도 있었고, 차마 남에게 이야기하지 못할 일도 있었다.

하지만 그럼에도 불구하고 김인숙은 장택근이 필사적으로 지키려 했던 비밀을 말해주지 않았다.

그간 그녀의 밑에서 온갖 일을 도맡아 했었던 그였음에
도 그녀는 뒷이야기를 해주지 않았다.

"근데 형이 그걸 어떻게 알아요!"

장택근의 음성이 마치 으르렁거리는 듯했다. 이제는 그
눈빛에 적대감마저 보일 지경이라 서운할 만도 했지만, 추
영훈은 그 모습이 마치 제 새끼를 지키려는 짐승과도 같아
보여 오히려 측은할 지경이었다.

"케이 데일리의 서윤아 기자라고 기억 나?"

그의 말에 장택근이 고개를 끄덕였다. 뻔뻔한 태도로 자
신에게 인터뷰를 요구한 그녀는 최근에는 그에 관련된 기
사를 쓰기까지 했었다.

"그 여자한테 들었어."

그 말에 장택근이 저도 모르게 벌떡 몸을 일으켰다.

기자에게 이야기가 흘러들어가다니!

그렇게까지 비밀을 지키려고 했는데 어디에서 잘못되었
다는 말인가.

하얗게 질린 얼굴로 당장에라도 서윤아에게 뛰쳐나갈 듯
몸을 움찔거리는 장택근의 모습에 추영훈이 서둘러 그를
잡았다.

"걱정하지 마. 그 여자도 함부로 입을 열지는 못할 거
야."

추영훈의 말에 장택근이 눈을 동그랗게 떴다.

"하고 싶어도 못 할 거야. 그러니까 걱정하지 마."

그 모습은 이제껏 성격 좋은 매니저 정도로 알고 지내던 추영훈의 모습과는 한참은 동떨어진, 너무나도 사납고 위험한 얼굴이었다.

『얼라이브』 5권에 계속…

강준현 장편 소설

FUSION FANTASTIC STORY

개척자
Pioneer

『복수의 길』의 강준현 작가가 선보이는
2015년 특급 신작!

글로벌 기업의 총수, 준영.
갑자기 찾아온 몽유병과 알 수 없는 상황들.

"…누구냐, 넌?"
혼돈 속에서 순식간에 바뀐 그의 모든 일상.
조각 같던 몸도, 엄청난 돈도, 뛰어난 머리도 모두. 사라졌다!

스스로도 알 수 없는 낯선 대한민국의 밑바닥부터
다시 시작해야 하는 준영.

"젠장! 그래, 이렇게 산다!
대신 나중에 바꾸자고 하면 절대 안 바꿔!"

그는 과연 이 상황을 극복하고 자신의 운명을
새롭게 개척해 나갈 수 있을 것인가!

글삶 장편 소설
FUSION FANTASTIC STORY

세상을 다 가져라

[세상을 다 가져라]

문피아 선호작 베스트 작품 전격 출간!
현대판타지, 그 상상력의 한계를 넘어서다!

권고사직을 당한 지 2년째의 백수 권혁준.

우연히 타게 된 괴상한 발명품으로 인해
과거로 회귀한다!

그런데
과거로 온 혁준의 손에 들려 있는 것은 바로
최신형 스마트폰!

"까짓 세상, 죄다 가져 버리겠다 이거야!"
백수였던 혁준의 짜릿한 인생 역전이 시작된다!

Book Publishing CHUNGEORAM

유행이 아닌 자유추구~
WWW.chungeoram.com